오늘 하루
잠시 쉬어가도 괜찮아

삶에 지친 나에게 주는 선물

오늘 하루
잠시 쉬어가도
괜찮아

미즈시마 히로코 지음 ㅣ 권혜미 옮김

밀라그로

마음이 지치고 너덜너덜해질 때에는
인생관을 바꿔야 한다

이 책을 손에 든 사람은 마음이 지치고 산만해져 마치 걸레 조각처럼 너덜너덜해진 기분일지 모른다. 아니라 하더라도 이대로 이 기분이 지속된다면 내 마음이 금세 지쳐버릴 거라고 불안해하고 있을지도 모른다.

그러나 지금 현재 마음이 지치고 불안한 상태가 되었다는 것은 지금까지 열심히 노력해왔다는 의미이기도 하다. 설령 마음을 치유받기 위해 이 책을 집어 들었다고 해도, 지금까지 해온 노력은 거짓이 아니다.

노력을 하지 않으면 마음이 지칠 일도 없기 때문이다.

우선은 지금까지 열심히 노력한 나를 위로해주자.

충분히 노력하지 않았기 때문에 마음이 지치고 너덜너덜해진 거라고 생각하는 사람도 있을 것이다.

그리고 눈에 보이는 형태로 '노력한 결과'가 나오지 않았을지도 모른다.

하지만 그것은 노력이 부족했기 때문이 아니라 환경이 맞지 않기 때문이다.

'노력이 부족했다.'는 생각은 오히려 열심히 노력을 했다는 증거이다.

그 이유는 이 책을 읽어보면 이해할 수 있을 것이다.

마음이 지치고 너덜너덜해진 사람은 예외 없이 노력하고 있는 사람이다.

본문에서 자세히 다루겠지만, 우선 우리가 최선을 다한 결과 지금 이곳에 있게 되었다는 생각부터 가져보자.

지금 여기까지 정말 열심히 노력해왔다고 말이다.

지치고 너덜너덜해진 마음을 그대로 방치하면 우울증과

같은 마음의 병이 생길지도 모른다.

게다가 누가 뭐라고 해도 내 스스로 삶의 질을 더욱더 높여야만 한다.

인생에는 '마음은 지쳤지만 어떻게 해서든지 끝까지 달려야 한다.'는 삶만 있는 것이 아니다. 조금 더 편안하고 따뜻하게 살아가는 행복한 삶도 있다.

어쨌든 이 세상에 태어났으니까 편안하게, 사람들과 어울리며, 내 힘을 충분히 발휘하면서 '행복한 인생'을 살아보면 어떨까.

이렇듯 이 책은 인생관을 바꾸는 목적으로 읽으면 좋을 것이다.

지금까지 열심히 노력한 사람만이 인생을 바꿀 수 있다

마음이 지치고 너덜너덜해진 지금은 이제까지 내가 한 모든 노력이 거짓처럼 느껴질 것이다.

그러나 절대 그렇지 않다.

이 책을 읽고 인생관을 바꾼다고 해도, 지금까지와 다른 방법으로 또다시 열심히 살아야만 인생을 바꾼 그 가치를 알 수 있게 된다.

지금까지 해온 방식으로는 나아갈 수가 없다고 절실히 느꼈기 때문에 이 책을 손에 들었을 것이다.

사람의 인생에는 타고난 성격과 자란 환경, 주변 사람과의 성격과 가치관 그리고 지금까지 살아오면서 경험한 것 등 다양한 요소가 반영된다.

그러한 요소가 어떠한 인생을 보내게 될지 결정하기 때문에 머리로는 바꾸려고 해도 좀처럼 쉽게 인생을 바꿀 수 없는 것이다.

애초에 지금의 인생이 당연한 삶이라며 문제의식조차 가지지 않은 사람도 많이 있다.

마음이 지치고 너덜너덜해져서 '지금 이대로는 안 돼.', '더 이상 이렇게 살 수는 없어.' 라고 절실히 느끼지 않는 한 사람은 절대 바뀌지 않는다.

마음이 지치고 너덜너덜해진 지금 이 순간이 인생을 바꿀 수 있는 기회이다.

지금까지 열심히 노력한 자신을 인정하고 더 나아가 지금 나에게 필요한 변화가 무엇인지 생각하고 이루어보자.

필요한 것은 '노력'이 아니라 '위로'이다

삶을 바꿔보라는 말에 '나는 더 이상 힘을 낼 수가 없어.'라고 생각하는 사람도 있을 것이다.

이미 마음이 지칠 대로 지쳐서 삶을 바꿀 힘도 앞으로 나아갈 힘도 없다고 느낄지도 모른다.

하지만 괜찮다.

이 책에서 '삶을 바꿔라.'는 말은 나에게 가장 잘 어울리는 자연스러운 모습으로 살아가라는 뜻이다. 지금처럼 흐름을 거스르고 괴로워하면서 노력하는 것과는 완전히 반대 모습을 의미한다.

이것은 물고기가 강의 흐름을 따라 자연스럽게 헤엄을 치는 이미지이다.

나에게 가장 잘 어울리는 자연스러운 모습을 찾았을 때 비로소 우리는 가장 건강하고 활기차고 즐거운 인생을 보낼 수 있게 된다.

물론 그렇게 되었을 때에는 마음 지칠 일 없이 건강하게 '힘내보자.'는 말 또한 할 수 있게 된다.

이 책은 '더욱더 노력'하기 위한 책이 아니라 치유를 위한 책이다.

나 자신을 위로하고 내 안에 담긴 힘을 충분히 발휘하면서 인생의 행복을 되찾기를, 그리고 이 책이 꼭 도움이 되기를 마음속 깊이 기원한다.

― 미즈시마 히로코 ―

contents

1장

'부족한 모습'을 찾고 있지는 않은가

'노력'과 '매진'은 다르다

1 무엇을 해도 안 된다고
생각하는 이유는 왜일까

요즘 너무 무리하고 있지는 않은가

우리가 열심히 노력하고 있을 때 '조금 쉬어 가면서 해.' 라는 말을 들으면 확실히 마음은 놓이지만, 동시에 '정말 쉬어 가면서 해도 좋을까.' 라는 의문이 생기기도 한다.

어떠한 목표를 향해서 열심히 노력하는 것, 그리고 무언가를 달성하는 것.

이것은 인생에 있어서 큰 기쁨 중의 하나이다. 그래서 지금까지 한 '노력'을 그대로 손 놓아버리고 싶은 사람은 거의 없을 것이다.

누군가와 함께 노력한다는 것도 사람과 관계를 맺어가면서 인생을 즐기는 하나의 모습이다.

지금 마음이 지치고 너덜너덜해진 사람도, 지금까지 살아오면서 '충분히 노력했다.' 고 생각되는 순간이 전혀 없지는 않을

16

것이다.

그러나 무언가에 '매진'하면서까지 무리하는 것은 확실히 좋지 않다.

하지만 그렇다고 지금까지 해온 '노력'을 그만두고 싶지도 않을 것이다.

'대충', '적당히'라는 말을 들으면 왠지 대충 인생을 살라는 말처럼 들려서 거부감이 생기고, 앞으로 어떠한 방식으로 살아야 할지 의문이 생길지도 모른다.

그런 의문을 가진 사람은 꼭 끝까지 이 책을 다 읽기를 바란다.

'매진'과 '노력'은 언뜻 보면 비슷하게 보이지만, 그 의문의 대답은 의외로 간단하다.

'매진'과 '노력'의 차이는 단순히 '양'에 있다고 생각하는 사람이 많이 있다.

'노력'의 양이 지나치면 '매진'이 된다고 말이다.

그러나 실제로는 '매진'과 '노력'은 '질'에 따라 달라진다.

부족감을 느끼는 마음이 우리를 괴롭힌다

'매진'이란 한마디로 말하면 '아무리 노력해도 부족감을 느끼는 마음'이다.

충분히 노력했으니까 후회는 없다, 또는 이 정도면 적당하다는 생각이 들지 않는 것이 '매진'이다.

이러한 상태에 한번 빠지면 아무리 노력하고 있어도 '조금 더 노력해야 해.', '이 정도로는 아직 부족해.'라고 생각해버리기 쉽다. 그 결과 당연히 마음은 점점 더 지치고 너덜너덜해진다.

이러한 현상이 심해지면 우리의 머리는 우울증 환자의 머릿속과 똑같아진다.

우울증은 확실히 물리적 과로로 인해 발생하는 경우가 많지만, 무언가에 매진할 때에는 물리적 과로가 아니라 정신적 과로가 그 증상을 촉진시킨다.

항상 노력이 부족하다고 생각해버리면, 물리적으로 휴식을 취하는 시간에도 머릿속은 '노력이 부족하다.'며 항상 일에 매달리는 형상이 일어나기 때문이다.

이러한 상태로는 제대로 된 휴식을 취할 수가 없다. 그러다 보니 점점 에너지가 소모되고 결국에는 우울증에 걸리는 것이다.

그렇기 때문에 우울증은 '매진'의 결과 중의 하나라고 말할 수 있다.

'매진' 하지 않는다는
부족감을 느끼는 마음을 놓아두는 것이다

한편 '노력'은 '내가 할 수 있는 만큼만 열심히' 하는 것이다.

노력은 우리에게 성취감을 가져다준다. 그리고 노력은 우리에게 '만족감'을 안겨준다. 이를테면 목표를 달성하지 못해도 '지금은 이 정도로 충분하다.'고 느끼는 마음이다.

내가 원하는 방향으로, 내 힘으로 충분히 노력한 후에 느끼는 만족감은 우리에게 높은 자존감과 행복감을 가져다준다.

그렇기 때문에 '매진' 하지 말라는 것은 단순히 '노력의 양'을 줄이라는 뜻이 아니다. '아무리 노력해도 부족감을 느끼는 마음'을 접어두라는 의미이다.

'노력의 양'을 줄이는 일에는 본질이 없다.

실제로 매우 엄청난 양으로 노력하지만 매일 활기가 넘치고 마음 또한 지치지 않는 사람도 있다.

그렇게 생각하면 역시 우울증 환자에게 힘내라는 용기 섞인 말을 건네지 말라는 논리도 일리가 있다.

아무리 노력해도 부족감을 느끼는 사람에게 더욱더 힘내라는 말은 매우 잔혹하게 들리기 때문이다.

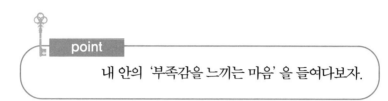

point

내 안의 '부족감을 느끼는 마음' 을 들여다보자.

2 '부족한 모습'을 찾는
마음의 버릇

이 세상에 완벽한 사람은 없다

'부족함을 느끼는 마음'을 버리라는 말에, '하지만 내 노력이 부족한 게 사실이잖아.' 하고 생각하는 사람도 있을 것이다. 이렇듯 자신을 나약한 존재로 치부해버리는 사람도 종종 있다.

'부족함을 느끼는 마음'과 늘 함께 생활하고 있는 사람은 나의 '부족한 모습'을 인정하지 않는 한 노력은 불가능하다는 신념을 가지고 있는 경우가 많다. 그래서 어쩌면 그들은, 자신을 나약한 존재로 치부해버리는 반응이 당연한 결과일지도 모른다.

그러나 이러한 사람들에게는 '애초부터 부족한 모습이 없을' 가능성도 크다. 그리고 '부족한 모습'을 찾지 말아야 사람은 모든 힘을 충분히 발휘할 수가 있다.

물론 어떤 '이상적인 인간상'과 비교하면 항상 '부족한 모습'을 발견하게 될 것이다. 그러나 이 세상에 완벽한 사람은 없다.

시각을 조금 바꿔서 '지금 할 수 있는 것'이라는 관점에서 보면, 우리는 늘 '지금 할 수 있는 것은 최선을 다해 열심히 하고 있다.'

우리 모두 지금 할 수 있는 것만을 생각해보자

사람에게는 모두 각자의 사정이 있다.

타고난 천성, 자란 환경, 살면서 겪은 경험, 주위 사람들, 누군가에게 받은 상처, 지금 현재 품고 있는 문제, 오늘의 컨디션 등…….

이렇듯 사람들에게는 모두 자신만이 알고 있는 사정이 있다.

그리고 이러한 사정 속에서 사람들은 모두 그때그때 내가 할 수 있는 것은 최선을 다해 열심히 하면서 살아간다. 도무지 노력을 하지 않는 것처럼 보이는 사람이 있더라도, 그 사람에게 주어진 조건을 생각해보면 '살아가기 위해서는 그렇게 할 수밖에 없다.'는 사실을 이해할 수 있게 된다.

지금 현재 게을러 보이는 사람도, 과거에 실패한 경험이 두려워 노력을 하지 않고 있다는 사정을 알면, 지금 상황에서 자신이 할 수 있는 것만 열심히 하고 있다(정신적으로 자신의 상황을

22

견뎌내는 노력)는 사실을 알 수가 있다.

또한 '무차별' 적인 행동으로 눈살을 찌푸리게 하는 사람도 있을 것이다. 어렸을 때 무차별적인 학대를 받았거나 한 번도 누군가에게 신뢰받은 적이 없다는 그들의 사정을 알면, 비록 남을 짓밟는 행동이지만 그 나름대로 열심히 노력하며 살고 있다(그 사람이 알고 있는 유일한 생존방법으로 노력하고 있다)는 사실을 알 수가 있다.

이러한 식으로 각자 나름의 사정 속에서 내가 할 수 있는 만큼 노력한 결과가 현재의 상태이다. 즉 '모든 일에는 필연성이 있다.' 고 이해하는 것이 중요하다.

뒤에서 다시 말하겠지만, 사람은 누구나 보다 좋은 선택지를 선택할 수가 있다. 그러나 그때 그 사람에게는 그렇게 밖에 할 수 없었던 이유가 있는 것이다.

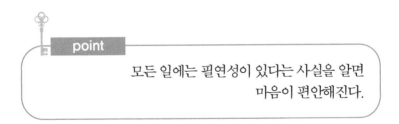

point

모든 일에는 필연성이 있다는 사실을 알면
마음이 편안해진다.

3 지금 할 수 없는 일은, 어차피 지금은 할 수 없다

'부족한 모습'을 찾지 않으면 에너지를 쏟는다

'사람들은 자신이 할 수 있는 선에서 최선을 다해 열심히 살아가고 있다.' 즉 '지금 할 수 없는 일은 어차피 지금은 할 수 없다.'는 사실을 이해하는 마음가짐이 매우 중요하다. 그리고 이것은 마음을 지치지 않게 하기 위한 열쇠라고도 말할 수 있다.

다른 사람 그리고 특히 자기 자신에 대해서 이러한 시선으로 바라보는 자세가 중요하다.

'아직 노력이 부족해.'라는 생각이 들 때마다 '지금 할 수 없는 일은, 어차피 지금은 할 수 없다.'고 인정하는 자세가 마음을 지치지 않게 도와준다. 그리고 그것과 동시에 우리의 가능성을 높이는 효과도 가져다준다.

지금 이것으로 충분하다고 생각하면 마음이 편안해지고 결과적으로 더욱더 힘내자는 건강한 에너지가 샘솟게 된다.

'지금 이것으로 충분하다.'고 생각하면
앞으로 나아갈 수 있다

이 건강한 에너지는 '아직 부족하다.'며 자신을 옭아맬 때에는 영원히 나오지 않는 성질이 있다.

사람은 마음이 편안할 때에 비로소 자신의 진짜 힘을 발휘할 수 있기 때문이다.

사람은 마음이 불안해지면 스스로 자신의 몸에 갑옷을 입히는 특성이 있다. 그래서 나는 절대로 할 수 없다며 스스로 자신의 가능성을 낮춰버린다.

또한 아직 부족하다며 자신을 옭아매는 행동은 엄청난 에너지 소모로 이어진다.

여러 각도에서 자신의 부족한 모습을 찾고, 늘 긴장되어 있으면 에너지가 금방 소모된다.

그러나 지치지 않고 효율적으로 에너지를 쏟으면 모든 일에서 지금보다 더 편안하게 좋은 성과를 이룰 수 있다.

'매진'하는 사람은 '어깨에 힘이 너무 많이 들어간 상태'와 같다.

어깨에 힘이 많이 들어가 있으면 힘을 낼 수가 없어서 금방 지쳐버리게 된다. 또한 자신은 꽤 열심히 노력하고 있다고 생각할지도 모르지만, 사실은 자신의 어깨와 싸우고 있는 경우도 많이 있다.

어깨에 힘을 빼고, 지금 할 수 없는 일보다는 지금 집중해서 할 수 있는 일을 하는 편이 좋다. 그러면 보다 즐겁게 여유를 가지고 할 수 있기 때문이다.

그렇기 때문에 앞으로 나아가고 싶다면, 또는 건강하게 '힘을 내보고' 싶다면, 매 순간마다 나를 인정해주는 자세가 중요하다.

'지금 이걸로도 충분하다.'는 생각이 다음 발걸음으로 이어진다.

즉 '부족한 것이 없다.'는 생각은 물리적인 상황이 아니라 어디까지나 정신적인 자세이다.

물리적으로는 아직 나아가야 할 곳이 있다. 하지만 그것은 꼭 '지금'이 아니라도 좋다. 지금 나는 충분히 노력하고 있다. 이 사실을 인정해주자.

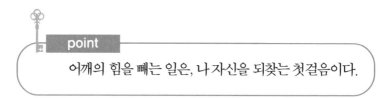

point

어깨의 힘을 빼는 일은, 나 자신을 되찾는 첫걸음이다.

4 나의 한계를
시험하지 말자

집중력이 떨어지지는 않았는가

이를테면 이럴 때 우리의 몸과 마음에서는 비명이 터져 나온다.

〈예 1〉
요즘 일을 너무 많이 해서 체력이 바닥나버렸다…….
잠깐이라도 쉬면 실수가 터져 나온다.
정신을 차리려고 해도 금세 맥이 풀린다.

집중력 저하는 우울증의 증상 중 하나이다. 이는 어쩌면 이미 우울증이 시작되어서 생긴 현상일지도 모르고, 아니면 우울증 전조증상일지도 모른다.

이미 우울증 증상이 나왔는데도 불구하고 노력에 매달리고 있다는 것은 비명을 내고 있는 몸과 마음에게 '아직 노력이 부족해.', '더 많이 힘을 내야 해.' 라며 채찍질하는 것과 같다.

이렇듯 무언가에 매진하고 있는 사람은 억지로라도 노력해야 한다고 생각하는 특성이 있다.

하지만 사람은 어디까지나 유전정보를 가진 생물이고, 우리가 할 수 있는 것에는 한계가 있다. 또한 사람에게는 생명기능을 유지하기 위해 필요한 것이 있다. 그러나 그것을 계속해서 무시하면 질병이라는 경보가 울리게 되고, 심각한 경우에는 목숨까지도 위태로워진다.

우울증 환자 중에는 자신의 한계를 전혀 의식하지 않은 사람들이 많이 있다. 개중에는 '더 이상은 무리' 라는 사실을 알지만, 그 감각을 무시하고 몸과 마음이 아닌 다른 것을 우선으로 여기는 사람들도 있다.

물론 이것도 '매진' 의 증상 중의 하나이다.

그런 사람들은 몸과 마음의 한계가 '질병' 이라는 현상으로 나타난다.

한계를 인정하면 가능성이 높아진다

질병은 누구에게나 고통스런 존재이기 때문에 가능하면 피해야만 한다.

하지만 사람의 몸과 마음은 생각보다 강해서 질병이 오히려 좋은 쪽으로 작용하는 경우도 있다.

'질병에 걸리지 않았다면 이 생활을 바꾸지 못했을 것이다.' 고 생각되는 경우도 많이 있기 때문이다.

내가 인정하지 않았던 몸과 마음의 한계가 질병이라는 형태로 나타나면, 사람들은 지금까지 해오던 생활방식을 바꾸기 시작한다.

우울증에 걸려서 어쩔 수 없이 쉬어야 할 때까지 멈추지 않고 일하는 사람도 있다. 그러한 사람은 치료를 받으면서 '매진은 좋지 않다.'는 사실을 배우게 된다.

또한 질병에 걸려도 여전히 '이 병은 내가 치료할 수 있다.', '약에 의존하는 나약한 존재가 되고 싶지 않다.'며 자신의 한계를 인정하지 않으려는 사람도 있다. 하지만 그러한 자세로는 질병을 치료할 수가 없다. 그렇기 때문에 질병에 걸린 사실과 자신의 한계를 똑바로 바라봐야 한다.

질병을 부정하는 사람들은 이 사실을 알아야만 한다. 치료를 받기 시작하면 단순히 '질병이 나아지는 것' 뿐만이 아니라 자기 성장과 삶의 변화까지 얻을 수 있다는 사실을 말이다.

마음의 병을 치료한 사람들은 이렇게 말한다.

'한계를 인정하면 가능성이 높아진다는 사실을 절실히 깨달았다.'

그러나 이러한 사실은 질병의 힘을 빌리지 않고서도 실감할 수가 있다.

무엇이 한계를 인정하는 마음을 방해하고 있는지, 한계를 인정하지 않으면 얼마나 큰 손해가 발생하는지, 이것을 알면 누구나 앞으로 나아갈 수가 있다.

내 마음의 증상은 내가 알기 힘들다

집중력 저하나 불안, 식욕저하 등 몸에 나타나는 증상은 알기 쉽지만, 마음의 증상은 알기 어려운 특징이 있다.

마음이 지치고 너덜너덜해져도 '더 노력해야 해.', '내가 나약하기 때문에 힘들다는 생각이 드는 거야.' 하고 생각하는 사람도 적지 않다.(이것이 '매진'의 특징이다.)

여기서 노력을 그만두어 버리면 '패배자'가 될지도 모른다는 불안감에 사로잡히기도 할 것이다.

지금까지 '매진'하는 삶을 살아온 사람들은 노력 포기를 마치 '실패한 인생'이라고 생각한다.

지치고 너덜너덜해진 마음이 혹시 비명을 지르고 있지는 않은지, 이것을 알기 위해서는 우리의 마음속을 들여다볼 필요가 있다.

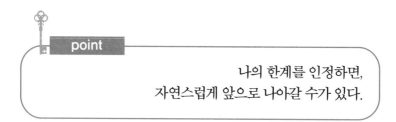

5. 마음을 지치게 하는 전형적인 감각

나 혼자 품고 있지는 않은가

혹시 어떤 일이든지 '혼자서 처리해야만 한다.'고 생각하고 있지는 않은가?

물론 물리적으로 주변에 아무도 없는 경우라면 그렇게 생각하기 쉽다.

그러나 주변에 사람이 있어도 나약한 존재로 보일까 봐 두려워서 모든 일을 혼자 처리하는 사람도 적지 않다.

또한 다른 사람을 믿지 못해서 내 상황을 솔직하게 말하지 못하는 사람도 있다.

혼자 해결했다는 성취감 때문에, '역시 사람은 이기적인 존재'라며 누군가가 나를 도와주는 것조차 모르는 사람도 있을 것이다.

완벽 때문에, 누군가가 개입해 일의 질이 떨어지는 것을 우려해서 '남에게 맡기지 않는' 사람도 있다.

이미 누군가에게 부탁해보았지만 거절당했다든지, 큰 힘을 얻지 못했다든지, 나약한 사람이라는 비난을 들었다든지 이러한 경험을 한 적이 있을지도 모른다.

그 이유는 사람마다 다르지만, '혼자서 처리해야 한다.'는 고립감이 생기면 혼자서 처리해야 할 일은 점점 더 많아지게 된다.

'등 떠밀려 하는 느낌'이 강하지는 않은가

똑같이 바쁜 일이더라도, 내 속도대로 할 수 있는 경우와 누군가의 속도에 맞춰서 '강요당하는' 경우에는 그 느낌이 전혀 다르다.

또한 내가 필요성을 느껴서 하는 경우와 그렇지 않은 채 그저 다른 사람이 시켜서 하는 경우에도 그 느낌의 차이가 다르다.

'등 떠밀려 하는 느낌'이 강한 경우에는 나름대로 계획을 세워도 주변 조건에 흔들리기가 쉽다. 그러면 마음이 쉽게 지치고, 스트레스가 쌓여서 '왜 내가 이런 대우를 받으면서까지 이 일을 해야 되지.'라는 피해의식이 높아진다. 결과적으로 마음은 더욱더 소모된다.

'출구가 보이지 않는다.' 고 생각하고 있지는 않은가

꽤 힘든 상황이라도 출구가 보이면 희망이 생긴다.

그러나 아무리 노력해도 출구가 보이지 않는다면 사람은 벽에 부딪히고 마음의 병까지 생기게 된다.

출구가 보이지 않는 이유는, 처음부터 너무 큰 목표를 세웠기 때문일지도 모른다. 또는 대처 불가능한 문제가 생긴 경우에도 출구가 보이지 않는다.

환경이 크게 바뀌어서 상황을 파악할 수 없다든가 처음부터 무엇을 어떻게 해야 좋을지 모를 정도로 크게 압박을 받았을 때가 있었을지도 모른다.

그럴 때에는 모든 것을 해결해야만 한다는 생각에 '이것도 못 하고, 저것도 못 하는' 상태에 빠지기가 쉽다.

출구가 보이지 않기보다는 출구를 찾을 정신조차 없을 경우도 있을 것이다.

지금 내 마음속이 어떤지를 확인해야 하는 상태라면, 그리고 그것이 일정기간 지속된다면 더 이상 마음이 지치고 너덜너덜해지지 않도록 치유에 들어가야만 한다.

이러한 상태는 더욱더 악순환에 빠지기 쉽기 때문에 방치하면 마음은 더욱더 지치게 된다.

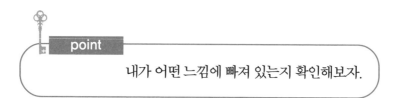

point

내가 어떤 느낌에 빠져 있는지 확인해보자.

6 마음과 몸의 '사용설명서'를 읽자

'적당히'는 '게으름'이 아니다

나는 어떠한 일에 매진하고 있는 사람에게 '적당히', '쉬엄쉬엄'이라는 말을 자주 한다.

그러나 그들에게 이러한 조언은 그다지 도움이 되지 않는 것 같다.

어쩌면 당연한 결과일지도 모르지만, 앞만 보고 달려가는 사람에게는 '쉬엄쉬엄'이라는 단어가 귀에 들어올 리가 없기 때문이다.

하지만 발상을 전환해보자.

일류 장인은 소중한 도구를, 사랑을 담아 정성껏 다루면서 일한다고 한다.

우리의 몸과 마음도 마찬가지이다. 몸과 마음은 좋은 인생을 보내기 위한 소중한 도구이다.

실제로 우리는 태어나면서 유전정보를 가진(즉 일정 한계를 가진) 하나의 몸을 갖게 된다.

그것은 다른 것과 바꿀 수 없는, 이 세상에 단 하나밖에 존재하지 않는 몸이고, 유년기를 제외하면 내 몸은 나 이외에 책임져줄 사람이 아무도 없다.

누군가가 내 일을 자기 일처럼 걱정해줄 수는 있지만, 실제로 내 상황은 나만이 알 수 있다.

내 몸과 내 마음을, 진심을 다해 책임져줄 사람은 나밖에 없다. 이렇게 말해도 좋을 것이다.

내 몸과 내 마음을 소중하게 대하자

'몸을 효과적으로 사용하면서 질 높은 인생을 보내자.'는 관점에서 보면, 몸의 '사용설명서'는 꽤 중요하다.

우선은 '사용설명서'를 찬찬히 읽은 후에 이럴 때는 어떤 현상이 일어나는지, 어떨 때 주의를 기울여야 하는지 아는 것이 중요하다.

사용설명서에 쓰인 내용을 무시하고 '아직 더 사용할 수 있다.'며 몸을 혹사시키거나 잘못된 사용방법으로 몸에 부담을 준다면 생각처럼 몸이 잘 움직이지 않게 된다. 그리고 당연한 결과이지만 언젠가는 몸이 부서져버린다.

지친 몸과 마음은, 본격적으로 부서지기 전에 다양한 모습으로 비명을 지른다.

집중력 저하도 그 모습 중의 하나이다.

앞에서 이야기했듯이 '혼자 처리해야만 한다.'는 생각은 '등 떠밀려 하는 느낌'이 강하고 '출구가 보이지 않는' 전형적인 마음의 비명이다.

이럴 때에는 '더 바짝 정신을 차려야 한다.'가 아니라, 지금 몸과 마음의 사용설명서를 잘못 이해하고 있다는 사실을 인지해야만 한다. 그 사실을 인지하기 시작하면 새로운 인생이 시작될 것이다.

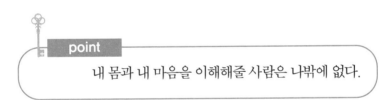

point

내 몸과 내 마음을 이해해줄 사람은 나밖에 없다.

7. 지친 마음은 나를 지키기 위한 신호이다

부정적인 반응이 알려주는 것

사람에게는 '당연한 반응'이 있다. 생물이기도 한 사람에게는 자신을 지키기 위한 방어 시스템이 여럿 갖추어져 있고, 또 그때의 상황에 따라 각각의 방어 시스템이 작동한다.

몸의 감각도 나를 지키기 위한 시스템이다. 이마에 손을 짚었을 때 열이 많이 난다면 하던 일을 멈추고 몸을 쉬게 할 수가 있다.

'이 상황에서는 아무것도 할 수 없다.'고 알려주는 것이 신체감각이다.

감정도 마찬가지이다. 감정의 경우에는 '나라는 존재가 없는 거 같다.'고 알려준다.

이를테면 불안은 '안전이 보장되어 있지 않다.'는 의미이다.

불안을 느낄 때 우리는 신중하게 생각하고, 우리가 알지 못하는 것에 대해서 조사하기 시작한다. 만약 안전이 보장되어 있지 않는데도 불구하고 불안이 느껴지지 않는다면 큰 위험에 빠질지도 모른다.

또한 분노는 '곤란한 상황에 빠져 있다.'는 의미이다. 계획이 틀어졌다든지 누군가에게 상처를 받았다든지 어쨌든 지금 어떠한 형태로든지 곤란한 상황에 처해 있다는 신호이다.

물론 '오해', '착각'으로 인해 분노를 느낄 때도 있을 것이다.

그럴 때에는 분노라는 기능이 작동해서 앞뒤 사정을 잘 생각한 후에 오해를 풀 수가 있다. 이렇게 오해가 풀리면 마음이 편안해지고 분노라는 기능이 사그라질 것이다.

무언가를 잃었을 때에는 슬픔을 느낀다. 슬픔이라는 기능이 작동하면 사람은 자신의 내면을 들여다보면서 마음을 새롭게 다잡기 시작한다.

잃은 것에 대해서 이런저런 생각을 하고, 다양한 감정을 느끼면서 마음을 '재편성'한다. 이것은 상처를 입었을 때에 그 부위를 치료하고 보호하는 동안에 피부조직이 재생하는 것과 같다.

슬픔을 느낄 시간을 갖지 않으면, 또다시 건강하게 살기 위한 '마음의 재편성'이 만들어지지 않는다. 그러면 언제까지나 과거의 상실감을 끌어안은 채 살아갈 수밖에 없다.

나약해서 마음이 지치는 것이 아니다

이렇듯 다양한 상황에서 부정적인 감정이 나오는 것은 사람으로서 당연한 반응이다. 그리고 그 감정들은 각각 '나를 지키기 위한 반응'이다.

이러한 반응은 단순히 '지금은 어쩔 수 없는 상황'이라고 인정하면 좋다. 반대로 '미숙한 인간', '나약하다는 증거'라고 생각해버리면 마음은 지치고 너덜너덜해져서 건강한 에너지가 나오지 않게 된다.

몸과 마음의 한계를 인정하지 않는다는 것은 생물로서 자신을 부정하는 것과 같다.

생물의 '사용설명서'를 우습게 여기면, 내 몸과 마음에 대해 정확히 알지도 못 하면서 모든 걸 다 알고 있다며 몸과 마음을 더욱더 혹사시키는 상황이 발생할지도 모른다. 그게 얼마나 잔인한 일인지 잘 알 수 있을 것이다.

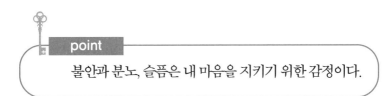

point

불안과 분노, 슬픔은 내 마음을 지키기 위한 감정이다.

8 '긍정적인 사고'는 버려라

마음을 지치게 만드는 힘은 내 머릿속에 있다

물론 마음이 지치고 너덜너덜해진 데에는 그 나름의 사정이 있을 것이다.

너무 바쁘다든지, 환경이 나쁘다든지, 주변 사람들에게서 극심한 스트레스를 받았다든지 나로서는 이러지도 못 하고 저러지도 못 하는 조건이 쌓여서 마음이 지치고 너덜너덜해졌을 것이다.

'우리에게는 지금까지와는 또 다른 인생이 있다.'는 말을 들어도 이러지도 못 하고 저러지도 못 하는 조건이 있는 이상 지금과 다른 인생을 생각할 겨를이 없고, 나에게도 다른 인생이 있을 가능성이 없다고 생각해버릴지도 모른다.

그러나 마음은 외적 조건만으로 지치고 너덜너덜해지는 것이 아니다.

결국 지친 마음은 내 머릿속이 만들어낸다.

힘든 외적 조건의 결정타는 '그 상황을 어떻게 보고 있는지.' 내 시각에 있다. 그렇기 때문에 마음이 지칠지 지치지 않을지는 내 생각에 달려 있다고도 말할 수 있다.

내 머릿속을 치유하면 '마음이 지친 상태'에서 벗어날 수가 있다.

'긍정적인 사고'가 치유는 아니다

내 생각에 따라 마음이 달라진다는 이야기를 들은 사람들은 우선 머리에 '긍정적인 사고'를 떠올린다.

괜찮다, 나는 할 수 있다, 이 역경도 나를 성장시킨다, 부정적으로 생각하지 말고 긍정적인 면을 보자, 누군가의 말에 상처받지 않는 강한 나로 만들자 등등 '긍정적인 사고'를 뜻하는 말은 얼마든지 많이 있다.

그러나 이 책은 그러한 긍정적인 사고를 추천하지 않는다. 이 책을 선택한 사람들은 '긍정적인 사고'를 피하고 싶을 테니까 말이다.

그 이유는, 이 책을 선택한 독자들은 이미 긍정적인 사고를 시도해봤을 것이다. 그렇지만 긍정적으로 생각해도 상황은 조금도 나아지지 않았을 것이다. 그래서 나는 긍정적인 사고를 추천해봤자 의미가 없다는 사실을 잘 알고 있다.

긍정적인 사고는 자기부정으로 이어진다

또 하나, 보다 본질적인 이유는 '긍정적인 사고' 에는 마음을 지치게 하는 힘이 내포되어 있다는 데에 있다.

긍정적인 사고란 다시 말해 '왜 긍정적으로 생각해야 해?' 라는 나에 대한 질문이기도 하다.

이것은 언뜻 보면 질문처럼 보이지만 사실은 '긍정적으로 생각하지 못하는 나는 실패자이다.' 는 자기부정이다.

자기부정에 빠지면 어떠한 일을 할 때에, 설령 지금은 잘하고 있는 것처럼 보여도, 무리가 쌓여서 언젠가는 파탄을 맞게 된다.

또한 그 무리가 '다른 사람에게도 긍정적인 사고를 요구' 하는 현상으로 나타나는 경우도 있다. 이럴 때에는 대인관계가 원만하게 이루어지지 않아 주변에 악영향을 끼치기도 한다.

내 생각에 따라 마음이 지칠 수도 지치지 않을 수도 있다는 말은 '긍정적으로 사고해라.' 는 뜻이 아니다.

오히려 내 생각이 자기부정을 만들 수도 있다는 의미이다.

자기부정을 반복하면 당연히 마음은 지치고 너덜너덜해진다.

또한 앞에서 말했듯이, 사람은 그 순간에 내가 할 수 있는 일은 최선을 다해 열심히 하고 있으며, 몸과 마음에는 한계가 있다. 그리고 그 한계를 부정하면 당연히 부작용이 생긴다.

중요한 것은 '부정적인 나'를 부정하는 것이 아니라 치유하는 것이다.

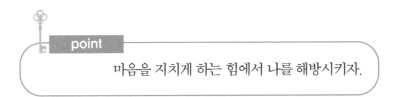

point

마음을 지치게 하는 힘에서 나를 해방시키자.

9 ·
더 이상
나를 괴롭히지 말자

'부족한 모습' 찾기는 '자기학대' 이다

나의 '부족한 모습'을 찾는 자세란 항상 나의 단점을 찾아서 나에게 극심한 스트레스를 주는 자기학대와 같다. '학대'라는 단어에 즉각적인 반응이 나오지 않는 사람은 누군가에게서 학대받는 모습을 상상해보자.

나는 열심히 노력하고 있는데 누군가가 '아직 부족해. 이렇게 해서 잘될 거 같아!'라며 몰아붙이거나, 누구에게 상처받았을 때에도 '네가 잘못했으니까 그렇지.', '고작 그런 걸로 상처받다니, 나약하기 그지없네.' 하고 비난당하면 비참할 것이다.

일반적으로 정신적 학대나 모럴 허래스먼트(moral harassment)라고 불리는 것이 있다.

마음이 지쳤다는 것은, 사실은 나 자신을 학대하거나 나에게 모럴 허래스먼트를 가한 경우이다. 몸과 마음은 비명을 지르고 있는데도 아직 '부족하다.' 고 생각해버리는 경우가 그러하다.

나를 괴롭히지 말고 치유하자

자기학대의 전형적인 예가 일과 육아로 지쳐버린 경우이다. 굳이 말로 꺼내지 않아도, 이 두 가지 일을 병행한다는 것은 매우 어렵다.

그러나 결정타는 생리적인 주변 상황이 아니라 나 자신의 느낌에 있다.

직장에서도 눈치가 보여 더욱더 열심히 일하려고 하고, 자녀에게도 미안한 마음에 더욱더 잘하려고 하다 보면, 이것저것 다 노력이 '부족한' 느낌이 들어 자신의 한계를 넘어서게 된다.

하지만 일과 육아는 원래 둘 다 잘하기 어렵다. 나의 한계를 의식해서 항상 '만일의 경우를 대비해 힘'을 남겨두어야 하는데, '부족한 모습'을 찾는 습관이 그것을 불가능하게 만들어버리는 것이다.

마음이 지치고 너덜너덜한 상태에서 벗어나려면 나의 '부족한 모습'을 찾지 말아야 한다. 즉 나 자신을 괴롭히지 말자는 의식이 필요하다.

이런 결심을 하지 못하면 마음이 지친 지옥에서 벗어날 수가 없다. 끊임없이 나를 괴롭히면 절대 치유가 될 수 없기 때문이다.

　　그렇기 때문에 이 책을 나를 괴롭히지 않는 책으로 바라봐주
길 바란다.

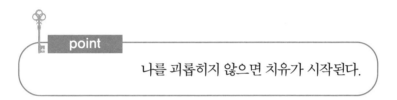

point

나를 괴롭히지 않으면 치유가 시작된다.

'자신감이 부족한' 데에는 이유가 있다

'충격' 에서 쉽게 벗어나는 방법

1. 자신감을 잃어버렸을 때에는 어떻게 하면 좋을까

본 2장의 내용을 꼭 기억해두길 바란다

2장 소제목에 쓰인 '충격'이라는 단어를 보고 '나는 그다지 충격과 관계없다.'며 무심히 이 장을 넘겨버리는 사람도 있을 것이다.

나는 단지 마음이 지쳤을 뿐이지, 충격은 받고 있지 않다고 생각할지도 모른다.

그러나 마음이 지치고 너덜너덜해진 사람일수록 '충격'과 깊은 관계가 있다.

그 이유는 이제부터 알게 될 것이다.

또한 '충격'은 2장뿐만이 아니라 이 책 곳곳에 많이 등장한다.

그렇기 때문에 충격과 관계없다고 생각하는 사람도 꼭 2장을 읽어두길 바란다.

실수로 인해 자신감을 잃어버렸다면

어떠한 계기로 자신감을 잃었다거나 상처를 받았다는 경험은 누구나 겪었을 것이다.

〈예2〉
업무적으로 크게 실수해서 자신감을 잃어버렸다.
'또 실수를 저질러서 주변 사람들에게 민폐만 끼치고 있다.
정말 우울하다.' 이러한 악순환에서 벗어나지 못하고 있다.

우리는 어느 한 가지 일로 자신감을 잃었을 때도 있지만, 실수를 딛고 다시 일어서려고 했지만 그마저도 실수로 이어져버린 때도 있었을 것이다. 그리고 이러한 악순환 속에서 '나는 무엇을 해도 안 되는 사람'이라며 자신감이 완전히 무너져버렸을지도 모른다.

이렇게 무엇을 해도 안 된다는 시선으로 자신을 바라보면, 당연히 마음은 지치고 너덜너덜해진다.

업무적으로 크게 실수를 저질러서 주변에 민폐만 끼쳤다. 물론 이것은 매우 충격적인 일이다. 틀림없이 마음은 충격을 받고 크게 상처받았을 것이다.

그리고 '두 번 다시는 일어설 수 없을 거야.', '나는 앞으로 아무것도 못 할 거야.' 하는 감각에 빠져들지도 모른다.

충격에서 벗어나려면 시간이 필요하다

사실 사람의 마음은 어떠한 충격에서도 다시 일어서는 힘을 가지고 있다.

물론 충격이기 때문에 회복될 때까지는 어느 정도 시간이 걸린다.

이것은 몸이 어딘가에 부딪혔을 때에 고통이 사그라지기를 잠시 기다리는 것과 같다.

충격이 줄어들면 다시 일어설 수 있는 힘이 나오기 때문이다.

그러나 아무리 시간이 지나도 충격에서 벗어날 수 없다면, 그것은 충격을 극복하는 힘이 어떠한 요소로 인해 방해받고 있다는 증거이다.

이러한 경우도 충격에서 벗어날 수 없는 악순환에 빠졌다고 말할 수 있다.

그 악순환은 실수가 두려워서 발걸음을 떼지 못하고, 결국에는 자신감을 되찾을 기회조차 놓쳐버리는 구조로 되어 있다.

이러한 악순환에 빠진 사람들은 실수를 두려워하는 자신을 나약한 존재로 생각하고, 나아가서는 자기 자신을 꾸짖기까지 한다,

하지만 그 생각은 틀렸다.

자신을 나약하게 생각하는 사고 자체가 충격을 벗어나지 못

하게 막고 있기 때문이다.

우선은 충격을 받은 사실을 인정하자. 그리고 충격에서 회복
될 때까지는 시간이 조금 걸릴 거라고 나에게 부드럽게 말하자.

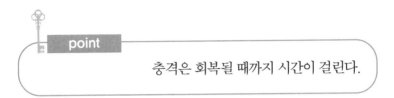

point

충격은 회복될 때까지 시간이 걸린다.

'충격'을 받았을 때에는
마음에서 어떤 일이 일어날까

마음은 '두 번 다시 상처받고 싶지 않다.' 는
모드에 들어간다

사람은 부정적인 충격을 받았을 때에 상처받는다.

그러면 몸과 마음은 '두 번 다시 상처받고 싶지 않다.' 는 모드에 들어간다. 이 모드에 들어가면 경계심이 높아지고, 상처받을 거 같은 상황은 애초에 피해버리는 특성이 나타난다.

이것은 사람이 생물인 이상 당연한 반응이다.

또한 이 경계심은 특히 나에게 많이 향한다. 내가 완벽하지 않으면 또다시 충격받을 일이 생길지도 모른다고 생각하기 때문이다.

업무적으로 실수를 저질러서 충격을 받았을 때에는 '두 번 다시 실수하지 않기 위해' 끊임없이 자신을 감시하게 된다. 이 자기 감시는 1장에서 다룬 '매진'과 같은 정신구조를 가지고 있다.

즉 '아무리 감시해도 부족함을 느끼는 마음'이다.

이 세상에 '완벽'한 사람은 없기 때문에 '실수한 부분'은 누구에게나 반드시 나타난다. 특히 회사 업무처럼 많은 사람들의 손을 거친 일이라면, 불규칙한 요소들은 더욱더 많기 때문에 '실수'를 완전히 없앨 수는 없다.

그렇기 때문에 아무리 완벽을 추구해도 '더 확인해야 할 부분이 있는 것은 아닌가.', '만약 잘못한 부분이 있으면 어쩌지.'라는 불안감은 당연히 점점 커지게 된다.

충격을 받은 증거라고 인식하자

자기 감시는 '실수하지 말자.'는 생각에 머무르지 않고, '실수한 나'를 엄하게 꾸짖는 행동으로까지 이어진다. 그 결과 '나는 무엇을 해도 안 되는 인간'이라는 생각에 도달하는 경우도 많이 있다.

내 인생은 처음부터 잘못되었다, 나는 실패한 인간이다, 이런 절망적인 감각은 부정적인 충격을 받은 전형적인 모습이다.

또한 자신의 판단력을 믿지 못하는 현상도 일어난다. 아무리 사소한 결정이라도 '또 잘못된 선택으로 실수를 저지르면 어떡하지.'라는 생각에 갈팡질팡하며 아무것도 결정하지 못하는 사람이 그러하다.

이러한 모습은 모두 '자신감을 잃어버린' 감각이다.

즉 실수한 일에 강한 충격을 받았다는 뜻이다.

충격에서 벗어나 다시 일어서기 위해서는 지금 나의 감각은 '충격에 대한 반응일 뿐' 이라고 이해할 필요가 있다.

아무리 진실을 반영한 것이라도, 객관적인 사실이라도, 충격을 받으면 누구나 절망적인 감각을 느끼게 된다.

그러나 이 실수는 내가 잘못한 결과가 아니라 '충격을 받은 증거일 뿐' 이라고 이해하면 충격에서 헤어나지 못하는 악순환에서 벗어날 수가 있다.

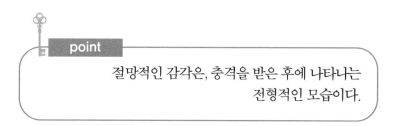

point

절망적인 감각은, 충격을 받은 후에 나타나는
전형적인 모습이다.

3 · 목표는
'뭐, 어떻게든 되겠지.' 라는 감각이다

내일 일은 아무도 모른다

내 감각이 '충격에 대한 반응일 뿐' 이라고 이해하는 것이 왜 그렇게 중요한 걸까.

'뭐, 어떻게든 되겠지.' 라는 감각을 되찾는 것이 충격 회복의 목표이기 때문이다.

우리는 일상에서 의식하지 않아도 '뭐, 어떻게든 되겠지.' 라는 감각을 가지고 살아간다.

앞으로 내 인생이 어떻게 될지도 모른다는 공포감(재난이 일어나는 것은 아닐까, 갑자기 땅이 꺼지면 어쩌지, 묻지 마 범죄 피해자가 되는 것은 아닐까, 배신당하면 어쩌지 등등)을 가지고 있으면 건강한 일상생활을 보낼 수가 없다.

24시간 공포감에 사로잡혀 있으면, 우리의 몸과 마음에는 목숨이 위태로울 정도로 스트레스가 많이 쌓이고, 일상에서는 '지금 해야만 하는 일'에 집중할 수가 없기 때문이다.

앞으로 무슨 일이 일어날지는 아무도 모르지만, 우리가 어떻게든 살아갈 수 있는 이유는 '뭐, 어떻게든 되겠지.'라는 감각이 있기 때문이다.

지금까지 어떻게든 되었기 때문에, 앞으로도 어떻게든 될 것이다.

누군가와 비슷하게 하면, 어떻게든 될 것이다.

만약 어떠한 일이 생기더라도, 누군가가 도와줄 것이다.

무의식중에 생각하는 '뭐, 어떻게든 되겠지.'라는 감각은 우리의 일상을 유지해준다.

충격은 반드시 극복해야 하는 것이다

그러나 충격은 '어떻게든 되지 못한 상황'에서 받게 된다. 그래서 충격을 받으면 '어떻게든 되겠지.'라는 감각을 잃게 된다.

무의식중에 '뭐, 어떻게든 되겠지.'라는 암묵적인 용납의 길을 걷고 있는데 갑자기 어떠한 충격으로 그 '암묵적인 용납'이 깨어져버렸기 때문이다.

그 결과 또다시 실수할까 봐 항상 경계심을 세우고 자신을 강하게 꾸짖게 되는 것이다.

이 '암묵적인 용납'이 깨어져버린 감각은 충격 후의 생활을 매우 힘들게 만든다.

예 2에서 말한 '또 실수를 저지르지는 않을까.', '이 일에서 손을 떼야만 하는 건 아닐까.', '내가 주변에 부담을 주고 있는 건 아닐까.'라는 불안은 업무 적응을 방해하고, 생활의 질을 떨어트린다.

충격에서 벗어나기 위해서는 이렇게 깨져버린 '뭐, 어떻게든 되겠지.'라는 감각을 되찾는 것이 중요하다.

그리고 그 감각을 되찾기 위해서는, 지금 나의 상태는 '충격에 대한 반응에 지나지 않다.'는 사실을 알아두는 것도 매우 도움이 된다.

충격을 받았다는 것은 그렇지 않아도 어려운 생각을 하고 있다는 증거이다. 그렇다고 나 자신을 괴롭힐 필요는 없다. '지금은 힘이 들 때이다.'고 나를 위로해주자.

그러나 실제로 충격을 받고 있는데도 불구하고 그 사실조차 느끼지 못하는 사람도 있다. 그러한 사람들이 '이것은 단순히 충격에 대한 반응이다.'라는 사실을 깨달으면 세상은 놀라울 정도로 바뀔 것이다.

충격에 대한 반응은, 어떤 요소에 방해받지 않으면 결국 회복되기 때문이다.

모든 충격은 결국 회복될 수 있다는 사실을 알면 '뭐, 어떻게든 되겠지.'라는 감각을 되찾을 수 있다.

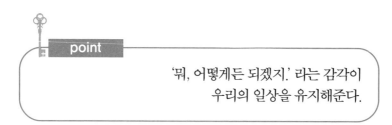

'뭐, 어떻게든 되겠지.' 라는 감각이
우리의 일상을 유지해준다.

4

나를 괴롭히는 것도
'충격'에 대한 반응이다

나를 꾸짖는 버릇을 버리자

충격을 받았을 때에는 다양한 의미를 붙여가면서 나를 꾸짖는 경향이 있다.

애초에 실수를 저지른 사람은 나 자신이다, 주위에 민폐를 끼치는 사람도 나 자신이다, 그리고 굳은 결심을 맺지 못하는 것도 나 자신이다, 앞으로 나아가지 못하게 만드는 것도 나 자신이라고 말이다.

충격을 받았을 때에는 '어떻게 된 거지?' 라는 생각에 머릿속의 시계가 멈추지만, 그 멈춘 시간 속에서도 나를 꾸짖는 행동은 계속된다.

'그렇게 하면 안 되는 거였는데.' 라며 자신의 잘못된 행동을 끊임없이 꾸짖는다.

이렇게 나를 꾸짖는 생각은 '가해자' 가 있는 경우에도 일어난다.

〈예3〉
회의 발표자는 내가 아니었는데, 고객이 갑자기 나에게 상
품소개와 업계동향에 대해서 설명해 달라고 부탁했다. 결국
은 나는 아무 말도 못 했고……, 많은 사람들 앞에서 창피
만 당했다. 더 이상 얼굴을 들고 회사에 다닐 수 없게 되었
다.

이 경우는 사전에 협의도 없이 갑자기 내가 회의 발표를 맡
은 상황으로, 가해자를 꼽자면 고객이 '가해자'가 된다. 고객이
갑작스럽게 발표를 제안하지 않았다면 창피당하는 일은 없었을
테니까 말이다.

물론 '왜 갑자기?'라고 고객에게 따지고 싶은 마음도 들 것
이다.

하지만 '아무 대답도 할 수 없었던 준비성이 부족한 나'를
꾸짖고 싶은 마음이 그보다 더 클 것이다.

그 마음이 '많은 사람들 앞에서 창피를 당했다.'는 감각으로
나온 것이다.

게다가 그 감각으로 '부끄러움에 얼굴도 못 드는, 만회를 생
각하지도 않는 나약한 나'를 꾸짖고 있는 것이다.

가해자가 아닌 나를 꾸짖는 심리

'가해자'가 있을 때에도 나를 꾸짖는 경향은, 설령 그것이 '범죄'라고 불릴 만큼의 심각한 일이 아니더라도 일어난다.

물론 가해자에게도 '용서할 수 없다.'는 마음이 생길 것이다.

그러나 사람들은 그 마음과 동시에 '피해를 막지 못한' 나 자신을 더욱더 크게 꾸짖어버린다.

'나에게 틈이 있어서 이런 일이 일어났다.', '속은 내가 바보다.', '조금 더 빨리 눈치 챘어야 했다.'라는 식으로 말이다.

누가 봐도 막을 수 없었던 일인데도 불구하고 나를 꾸짖는다는 건 어쩌면 부당한 일일지도 모른다.

나를 꾸짖는 행동도 충격받았을 때의 '증상' 중의 하나라고 말할 수 있다. 더 이상 충격을 받지 않으려는 경계심이 과도하게 작동한 결과이기 때문이다.

이 증상이 더욱더 심해지면 '내가 왜 그곳에 갔을까.'하는 가책조차 하게 된다.

이렇게 '무능한 나'라며 계속해서 자신을 꾸짖으면 당연히 마음은 지치고 너덜너덜해진다.

'또 실수하지는 않을까.', '(실수하지 않기 위해) 늘 완벽하게 준비해야 해.'라는 생각을 반복하다 보면 '뭐, 어떻게든 되겠지.'라는 감각을 영영 되찾을 수 없게 된다.

즉 영원히 충격에서 벗어날 수 없게 된다는 뜻이다.

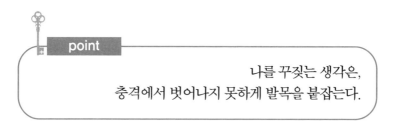

point

나를 꾸짖는 생각은,
충격에서 벗어나지 못하게 발목을 붙잡는다.

'나약한 나' 라는 생각이
사실을 왜곡시킨다

'슬픔의 과정' 을 천천히 밟아가자

또 하나의 문제는, '나약한 나' 라는 감각은 객관적인 시점을 왜곡시킨다는 점이다.

업무적으로 실수를 한 경우는 확실히 '무언가를 잃은' 경험이다.

체면이든지, 신용이든지, '실수하지 않는 나' 라는 이미지이든지, 나에게 있어서 그것이 얼마나 중요한지는 몰라도 여하튼 무언가를 잃은 것만은 확실하다.

무언가를 잃은 경우, 마음은 그 나름대로 어떠한 과정을 밟아나가야만 한다.

여기에서는 그 과정을 간단하게 '슬픔의 과정'이라고 말하겠다. '상실'을 받아들이는 과정은 '믿을 수 없어!', '이건 꿈이야!' 라는 현실 부정을 시작해, '이제 끝이야.', '나는 두 번 다시 일어설 수 없을 거야.' 라는 절망감으로, 그리고 마지막에는 '뭐, 현실을 받아들일 수밖에 없지.' 라는 생각으로 진행된다.

상실의 마지막 과정인 '현실을 받아들일 수밖에 없다.' 는 생각은 '뭐, 어떻게든 되겠지.' 와 일맥상통한다.

사람은 '상실을 인정해야만 일상생활이 가능' 해지기 때문이다.

소중한 사람을 잃은 경우에는 이 '슬픔의 과정' 이 보다 복잡한 형태로 그리고 보다 뚜렷하게 나타난다. 그리고 나에게 매우 의미 있던 무언가를 잃었을 때에도 마음을 다잡기 위해서는 이 '슬픔의 과정' 을 밟아야만 한다.

이 과정을 거치지 않으면 아무리 시간이 지나도 잃은 것을 중심으로 살아가게 되고, 현재 생활에 적응할 수 없게 된다. 즉 현실을 바탕으로 앞으로 나아갈 수가 없게 된다.

객관적인 시점도 중요하다

'슬픔의 과정' 을 밟아갈 때에는 가능하면 주변 사람들의 도움을 받는 것이 좋다. 왜냐하면 내 머리로만 생각하면 아무래도 '나약한 나' 라는 색안경이 현실을 왜곡시키기 때문이다.

이러한 색안경을 쓰면 '어쩔 수 없었던 상황' 인데도 불구하고 조금 더 노력했어야만 했다며 현실을 비현실적으로 생각해버리기 쉽다.

　누군가에게 고민을 털어놓으면 '누가 했어도 그렇게 됐을 거야. 그냥 운이 나빴던 거뿐이야.'라는 위로의 말을 들을 수 있지만, 혼자 고민을 하면 생각은 아무래도 자학적인 방향으로 흘러가기가 쉽다.

　충격을 받고 있을 때에는 나의 '부족한 모습'을 찾으려고 하기 때문에 그런 자학적인 생각을 해버리는 것은 어쩌면 당연한 결과일지도 모른다.

　그러나 '조금 더 노력했어야만 했다.'는 생각에 멈춰서버리면 언제까지나 '슬픔의 과정'을 밟아나갈 수 없다.

　그렇기 때문에 가능한 객관적으로 바라보는 시선이 중요하다.

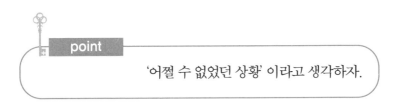

point

'어쩔 수 없었던 상황'이라고 생각하자.

6 딱딱해진 마음을
부드럽게 만드는 방법

나에게 무슨 일이 일어났는지 정확히 알자

마음을 터놓고 이야기할 상대가 있다면 무엇보다 좋겠지만, 그렇게 할 수 없는 상황이라면 '만약 누군가에게 나와 똑같은 상황이 일어났다면, 나는 뭐라고 말해줄까?' 하고 생각해보자.

'네 노력이 부족해서 그런 일이 일어난 거야.' 가 아니라 '누가 했어도 그렇게 됐을 거야. 단지 운이 나빴을 뿐이야.' 라고 말해주지는 않을까.

만약 그렇게 생각한다면, 그 말은 나 자신에게 해주자.

실제로 내 잘못으로 인해 실수가 일어났을 경우에도 마찬가지이다.

'다음번에는 이렇게 하면 잘할 수 있을 거야.' 라고 나 자신에게 말하면, 충격에서 쉽게 벗어날 수가 있다.

이것은 '부족한 모습' 찾기와는 성질이 전혀 다르다. 이러한 성질은 '지금 나에게 무슨 일이 일어났는지' 정확하게 알고 있기 때문이다.

나에게 친절하게 말할 수 없는 것도
충격에 대한 반응이다

길을 걷다가 갑자기 땅에 구멍이 생겨서 떨어진 경우라면, 언제 또 땅에 구멍이 생길지 몰라 한발씩 걸음을 뗄 때마다 겁이 날 것이다.

그러나 구멍을 발견하는 방법을 알면 더 이상 걷기가 무섭지 않을 것이다. '다음번에는 이렇게 하면 잘할 수 있다.'는 생각은 '구멍 찾기 방법'과 같다.

하지만 내 머리로만 생각하면 '나는 원래 사회 부적응자야.'라는 식으로 극단적인 자학사고가 생기기 쉽다. 그 결과 '다음번에는 이렇게 하면 잘할 수 있다.'는 현실적인 개선책을 생각할 수 없게 된다.

그럴 때에도 다른 사람에게는 뭐라고 말해줄 것인지 생각해보자.

'전체적으로 노력하고 있지만, 회의 준비는 조금 일찍 시작했으면 좋겠어.'라고 말해주지는 않을까.

그러면 나에게도 그렇게 말해주자.

다른 사람에게는 그렇게 친절하게 말해줄 수 있으면서, 혹시 나에게는 '무능한 사람', '친절하게 말해줄 가치가 없는 사람'이라고 생각하고 있지는 않은가.

　만약 그렇게 생각한다면, 그 감각 자체도 충격에 대한 반응이다. 충격으로 인해 '나는 무능한 사람'이라는 감각이 생긴 것이다.

　단순히 감정적인 반응만 가지고 미래를 계획하는 건 매우 부적절하다.

　'만약 누군가에게 똑같은 일이 일어났다면 나는 뭐라고 말해줄까.'라는 생각이 '감정적인 반응'에서 벗어나는 사고이다.

point

　　다른 사람에게 해주는 친절한 말을 나에게도 해보자.

7 · 자신감이란 '내가 갖는 좋은 감각' 이다

'자신감 회복' 에 중요한 것은 발상의 전환이다

충격을 받으면 '자신감이 부족하기 때문에 일을 잘할 수 없다.'는 감각이 되기 쉽다. 앞에서 들은 예들도 모두 그러한 감각이다.

이러한 생각은 모두 충격에 대한 반응이지만, '자신감이 없는 한 일을 잘할 수 없다.'는 사고가 굳어져버리면 앞으로의 생활의 질은 크게 떨어진다.

여기서 가장 중요한 것은 발상의 전환이다.

왜냐하면, 자신감이라는 것은 '우선 가지고 나서 무언가에 임하는' 성질이 아니기 때문이다.

흔히 '자신감을 갖자.' 라는 말들을 하지만, 자신감은 근력과 다르다.

근력은 훈련만 하면 그 힘을 발휘할 수 있다.

그러나 자신감이란 그러한 '힘'을 뜻하는 말이 아니라 '내가 갖는 좋은 감각'이다.

'자신감이 없다.'는 것은 원인이 아니라 결과이다

충격을 받으면 나타나는 특징 중의 하나가 자신감 상실이다. 이것은 '뭐, 어떻게든 되겠지.'라는 감각을 잃어버린 상황이다. 그래서 나에게 좋은 감각이 생기지 않는 것도 당연한 결과이다.

그리고 충격의 영향에서 벗어나 '뭐, 어떻게든 되겠지.'라는 감각이 되살아나면 자신감도 회복된다.

그렇기 때문에 '자신감이 없다.'는 것은 결과이지 원인이 아니라는 사실을 정확하게 인식해야 한다.

자신감이 없기 때문에 못 하는 것이 아니라, 충격을 받았기 때문에 자신감을 잃은 것뿐이다.

'자신감이 없는 나'에 집중하면 '부족한 모습' 찾기가 활성화된다. '나에게는 처음부터 충분한 자신감이 없었다. 사회인으로서 부족하다.'고 생각해버리기 쉽기 때문이다.

그러면 나의 감각은 점점 더 악화되고, 자신감을 영영 되찾지 못할지도 모른다.

나의 부족한 모습을 찾기보다도 '지금은 충격에 대한 반응으로 나를 믿을 수 없게 되었지만, 이것은 당연한 현상일 뿐이다.'

라고 결론짓는 사고가 중요하다.

　그리고 이러한 결론은 '뭐, 어떻게든 되겠지.' 라는 감각을 되찾는 데에도 도움이 된다.

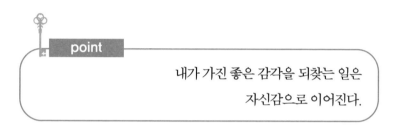

point

내가 가진 좋은 감각을 되찾는 일은
자신감으로 이어진다.

8 · 매일을
여느 때처럼 살자

실수 전의 나의 모습을 떠올려보자

충격에서 회복하는 가장 좋은 방법은 어쨌든 일상으로 복귀하는 일이다.

'업무적 실수'로 인해 충격을 받은 상태에는 '일하다 또다시 실수하지는 않을까.'라는 주제를 중심으로 생활이 돌아간다.

무엇을 하더라도 그 실수 걱정에 일상이 무너져버린 상태가 되었기 때문이다.

그러나 잘 생각해보면, 실수 전 나의 일상은 아무렇지도 않았을 것이다.

아침에 일어나서 식사를 하고, 출근을 하고, 하루의 업무를 보고, 가끔은 푸념 섞인 말을 늘어놓으면서 잠시 숨을 돌리기도 하고, 가정에 책임을 다하고, '아, 오늘 이 일을 못 했네. 내일은 꼭 해야지.' 하고 생각하면서 잠자리에 들었을 것이다. 이것이 가장 인간적인 하루이다.

마음속 깊이 웃고, 편안해질 수 있는 시간을 되찾자

인생의 주제는 결코 '실수하지 않을 것.'에 국한되어 있지 않다.

우선은 일상생활의 틀부터 되찾자. 식사와 수면 등 기본적인 생활은 사람에게 매우 중요하다.

'잠을 잘 자야 일을 할 수 있기' 때문이 아니라, 단순히 졸리니까 혹은 사람은 잠을 자야 하니까 자는 것이다.

또한 '일을 위해 건강식을 먹는' 것이 아니라 단순히 맛있으니까 먹는 것이다.

이러한 생각을 늘리다 보면 '또다시 실수하지 않을까.' 라는 주제와 상관없이 아무렇지도 않게 일상생활을 되찾을 수 있다.

실수하기 전의 내 생활을 가능한 많이 생각해보자. 이런 일로 웃었구나, 이렇게 하면서 휴식을 취했구나 하는 생각은 우리에게 큰 힘이 된다.

이미 충격에서 벗어나 일상을 살아가고 있다고 생각하는 사람도 많이 있을 것이다.

그러나 사실은 충격에서 벗어난 것이 아니라 '도망' 치고 있는 것일지도 모른다.

만약 '불안에서 도망치고 있다.'는 느낌으로 일상을 보내고 있다면, 그것은 아직도 자신을 '부족하다.'고 생각하는 증거이다.

평범한 일상을 보내면 보낼수록, 충격에서 벗어나는 힘이 생긴다. 이 사실을 꼭 가슴에 새기길 바란다.

마음속 깊이 웃는 시간을 가지면 가질수록, 또한 진심으로 편안하게 쉬는 시간을 가지면 가질수록 내 안의 힘이 쏟아난다. 그러면 실수를 현실보다 크지 않게 보는 여유를 되찾게 된다.

이것은 충격에 대한 '도망'이 아니라 오히려 긍정적인 대처법이다.

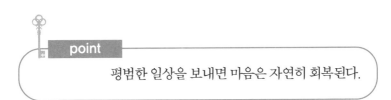

point

평범한 일상을 보내면 마음은 자연히 회복된다.

누군가의 도움도
마음을 편안하게 만들어준다

혼자서 품지 말고, 누군가에게 말해보자

앞에서도 이야기했듯이 충격에서 벗어나려면 '뭐, 어떻게든 되겠지.'라는 감각을 되찾아야 한다. 그리고 그 감각을 되찾기 위한 가장 좋은 힘은 '사람과의 관계'에 있다.

이것은 충격 후유증의 가장 큰 예인 외상 후 스트레스 장애(PTSD)가 나타나느냐 나타나지 않느냐 할 정도로 매우 중요하다.

'누군가가 응원해주고 있다.'는 느낌이 있으면 '뭐, 어떻게든 되겠지.'라는 감각이 극적으로 되살아난다.

왜냐하면 사람은 사람과 함께 공생하며 살고 있기 때문이다.

그러나 그 응원은 거창할 필요가 없다.

이렇듯 충격에서 벗어날 수 있도록 힘을 주는 사람은 두 종류이다.

우리 옆에 '변함없이 있어주는 사람'은 누구인가

그 첫 번째 종류는 '변함없이 옆에 있어주는 사람'이다.

내가 아무리 큰 실수를 해도 변함없이 옆에 있어주는 사람은 나에게 매우 큰 힘이 된다.

그러한 사람은 나의 실수를 알고 있는지 모르는지를 떠나서, 실수라는 작은 부분이 아니라 나의 본질적인 부분을 알아주기 때문이다.

이를테면 항상 내 편인 가족이나, 어렸을 때부터 알고 지낸 친구가 전형적인 예이다.

이러한 사람들은 나의 실수를 상대적으로 작게 만들어주는 존재이다. 지치고 상처받았을 때에 고향으로 돌아가 재충전의 시간을 갖는 것도 이러한 현상 중의 하나이다.

'변함없이 옆에 있어주는 사람'과 시간을 보내면, 충격받지 않았을 때의 내 모습을 떠올릴 수 있기 때문에 보다 쉽게 일상 생활로 복귀할 수 있게 된다.

내 이야기를 잘 '들어주는 사람'과 대화하자

또 하나의 종류는 실수에 대해서 '많이 힘들겠다.'며 내 이 야기를 공감하며 들어주는 사람이다.

우리는 과거의 실수에 대해 누군가와 대화를 나눈 적이 있을까. 아마 없을 것이다. 실수라는 것은 감추고 싶은 과거이기 때문에 누구에게도 이야기하고 싶지 않은 부분이다.

또한 나의 실수로 인해 다른 사람에게 피해를 준 일은 나를 더욱더 위축시킨다. 그래서 누군가에게 이야기할 마음을 잃게 된다.

그러나 내가 아닌 누군가가 업무적으로 실수를 저질러 힘들어하고 있는 상황을 잘 생각해보자.

자신감을 잃어버린 그 사람의 이야기를 들어주면서 조금이라도 마음의 짐을 덜어주고 싶다고 생각하지는 않을까. 적어도 '자기 실수로 인해 다른 사람에게 폐를 끼친 주제에, 아무렇지도 않게 실수를 이야기하다니. 정말 뻔뻔하네.' 라고 생각하지는 않을 것이다.

사람은 누구나 실수를 한다.

그리고 실수를 했을 때에는 마음이 약해진다.

이렇게 실수를 했을 때 서로 도와주는 것이 사람의 미덕이다.

누군가와 대화를 나눈 후 힘을 얻었다면, 나도 언젠가 누군가에게 힘을 줄 수 있다.

주위를 둘러보면, 대화를 나눌 사람은 충분히 있을 것이다. 조금 용기를 내서 마음의 문을 열어보자.

마음의 문을 열 때에 중요한 점은, 나의 '부족한 모습'을 지적하지 않는 사람을 찾는 것이다.

충고를 좋아하는 사람은 피하는 게 좋다. 충고를 좋아하는 사람은 '부족한 모습' 찾기의 달인이기 때문이다.

이야기를 잘 들어주어 불안을 잠재워주거나, 객관적으로 상황 파악을 해주거나, 다시 발걸음을 뗄 수 있도록 도와주는 사람을 찾는다면 나에게 큰 힘이 될 것이다.

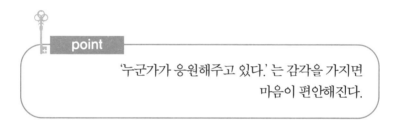

point

'누군가가 응원해주고 있다.' 는 감각을 가지면
마음이 편안해진다.

10 너무 높은 목표는 세우지 말자

목표의 기대치를 낮추는 일이 중요하다

충격을 받은 후에 '뭐, 어떻게든 되겠지.'라는 감각을 되찾기 위해서는 작은 성과를 쌓는 일도 중요하다.

충격을 받았을 때에는 무력감과 절망감이 높아지기 때문에 평소보다도 장애가 많게 느껴지기 때문이다.

그럴 때일수록 목표의 기대치를 낮추는 것이 좋다.

그러나 충격을 받으면, 사람의 마음은 불안감으로 가득 차 버린다. 그렇기 때문에 '완벽한' 결과를 추구하게 된다. 한시라도 빨리 안심하기 위해 오히려 비현실적으로 높은 목표를 세운다.

이를테면 업무적으로 실수를 해 충격을 받은 상황이라면, 어떻게 해서든지 큰 성과를 내서 실수를 만회하겠다는 '일발 역전'을 꿈꾼다.

84

하지만 그렇게 일발 역전을 꿈꿀 때에는 감정이 먼저 앞서기 때문에 냉정하게 전략을 세울 수 없게 된다. 그 결과 목표는 더욱더 달성하기 어려워진다.

그러면 그 상황에서 또다시 충격을 받고 '나는 무능한 사람'이라는 악순환에 더욱더 깊이 빠지게 된다.

하지만 이럴 때일수록 작지만 쉽게 달성할 수 있는 목표를 세워보자.

충격을 받으면 갑자기 나락으로 떨어지는 듯한 기분이 들 것이다. 그러나 작은 목표는 물에 빠졌을 때에 지푸라기라도 잡는 심정과 같다.

작은 목표를 달성하면 마음은 안정이 되고, 나아가 '다음에 잡을 지푸라기'를 찾을 수 있게 된다.

'다음에 잡을 지푸라기'가 안전한지 안전하지 않은지 생각할 여유도 조금씩 생겨난다.

비록 조그만 지푸라기라도 이렇게 확실히 잡기 시작하면 언젠가는 큰 목표를 이룰 수 있게 된다.

작지만 안정적인 목표를 꾸준히 소화시키자

실수의 악순환에서 벗어나지 못하는 이유는 또다시 나락으로 떨어질지도 모른다는 공포감 때문일 것이다. 하지만 이러한 공포감 때문에 아무것도 하지 못하고 있으면 안 된다.

그럴 때에는 '무엇을 붙잡으면 성공할지' 가 아니라, 우선은 눈앞에 있는 작지만 안정적인 목표에 손을 뻗어야 한다.

조금 더 구체적으로 말하면, 커다란 목표가 아니라 매일 결정하는 기본적인 일을 중심으로 목표를 세우고 달성하는 편이 좋다.

이때 중요한 점은 '단순히 끝내기만 해도 좋다.' 는 시점이다. '질' 을 추구해버리면 '부족한 모습' 찾기가 시작되어서 마음이 지치고 너덜너덜해진다.

이를테면 보고서를 작성할 때에 '보고서를 완벽하게 써야만 한다.' 고 생각해버리면 '더 좋은 착안점이 없을까.', '더 좋은 방법이 없을까.' 라는 악순환에서 벗어날 수가 없다. 그러나 '우선 작성(단순히 문자를 채워 넣는 것)이 중요하다.' 는 식으로 생각하면 '완성' 이라는 감각이 생긴다.

보고서 내용이라는 '질' 은 눈에 보이지 않지만, 문자가 채워지면 '형태' 라도 눈에 보이기 때문이다.

이렇게 조금이라도 '완성' 이라는 감각을 쌓을 수 있으면 '뭐, 어떻게든 되겠지.' 라는 감각을 쉽게 되찾을 수가 있다.

목표를 작게 만들면 만들수록 성취감의 수도 늘어난다.

즉 자신감을 되찾을 수 있게 된다는 뜻이다.

앞을 보지 말고, 지금까지 걸어온 길을 되돌아보자

앞을 보지 말고 지금까지 걸어온 길을 되돌아보는 것도 '뭐, 어떻게든 되겠지.' 라는 감각을 되찾기 위해 중요하다.

작은 성취감을 많이 쌓은 후, 최악이었던 상황과 비교해보자.

그러면 아직 기초만 다진 상태라도 꽤 높이 왔다는 사실을 알 수 있기 때문이다.

이것은 매우 높은 산을 오르는 일과 비슷하다.

사람은 정상만 보고 있으면 아직 갈 길이 멀다고 생각하기가 쉽다.

그러나 집들이 조그맣게 보이는 산 아래를 내려다보면, 꽤 많이 올라왔다는 사실을 알 수가 있다.

특히 충격에 압도되었을 때에는 '높은 정상'에만 눈이 가기 쉽다. 그러나 의식해서 아래를 내려다보는 자세도 중요하다.

'나는 아직 갈 길이 멀었기 때문에 그런 작은 만족감에 만족할 수가 없다.'고 생각한다면 아직 '부족한 모습' 찾기가 시작되고 있다는 증거이다.

실제로 갈 길이 멀더라도, 지금까지 충분히 열심히 해온 사실을 전부 부정할 필요는 없다.

나의 노력을 인정하고, 작은 성취감을 꾸준히 쌓아가자.

3장

사람에게 상처받지 않는
'마음 지키는 방법'

'사람'에게 휘둘리지 않는 방법

1

누군가에게
'배신' 당해 상처받았다면

'배신'이란 인간관계의 기준을 잃은 것이다

2장에서는 일상에서 충격을 받았을 때에 '자신감을 잃고' 마음이 지쳐가는 모습에 대해서 살펴보았다.

3장에서는 사람에게 받은 충격으로 마음이 지치고 너덜너덜해졌을 때에는 어떻게 해야 되는지 그 대처법에 대해서 설명하겠다.

〈예4〉
평소 직장에서 자주 대화를 나누며 친하게 지내던 동료가 뒤에서 나를 험담하고 다닌다는 사실을 알게 되었다. 그 사건 때문에 사람을 믿을 수 없게 되었고, 나에게 웃는 얼굴로 다가오는 사람도 사실은 내 험담을 하고 있을지도 모른

다는 생각을 버릴 수 없게 되었다.

이 상황은 '배신'이라는 충격 때문에 대인관계 전반에 경계심이 높아지고, 항상 긴장의 끈을 놓지 못하는 상태라고 말할 수 있다.

배신당하기 전에는 '대화를 자주 나누는 사람은 친한 관계'라고 생각하며 사람의 겉과 속을 딱히 의식하지 않고 자연스럽게 주변 사람들과 관계를 맺어왔을 것이다.

그러나 한번 배신을 당하면 어떠한 기준으로 사람을 믿어야 할지 모르게 된다.

지금까지는 '그럭저럭 좋은 관계를 맺으면 배신당할 일은 없다.'는 기준을 가지고 있었는데, 그것이 통용되지 않게 되어버린 것이다.

아무런 기준도 없이 '이 사람도 언젠가 나를 배신할지도 모른다.'고 의심하면 당연히 대인관계가 원만하게 이루어지지 않고, 그로 인해 마음만 지치고 너덜너덜해질 뿐이다.

다른 사람을 통제할 수는 없다

이럴 때에는 새로운 기준을 만들어야 한다.

그리고 기준을 만들기 이전에 우선 다른 사람을 100퍼센트 통제하는 일은 불가능하다는 사실을 기억해두어야 한다.

앞에서도 이야기했듯이 사람에게는 누구나 사정이 있다. 타고난 천성, 지금까지 품어왔던 생각, 지금 현재 놓인 상황 등 각각의 사정 속에서 노력한 결과가 현재이다.

그리고 마음이 건강한 사람은 그다지 험담을 좋아하지 않는다. 그런데도 험담을 했다면, 어떤 어려운 사정이 있었을 것이다.

이렇듯 사람의 말과 행동을 통제하는 일은 불가능하다.

인생의 목표가 '마음이 지치지 않는 것', 또는 '즐겁게 사는 것'에 있다면, 다른 사람의 말과 행동이 중요한 게 아니라 '내가 어떻게 받아들여야 할까.'가 중요하다.

누군가가 한 부적절한 말과 행동에 '저 사람이 나를 배신했다!'라고 생각할지, '어떤 사정이 있었겠지.'라고 생각할지는 내 마음가짐에 달려 있다.

물론 배신당했다고 생각하는 사람은 마음이 지치고 너덜너덜해질 것이다.

배신당했다는 그 사실이 마음에 상처를 내고, 그 후의 현상 (다른 사람과 나를 의심하면서 살아간다)은 탈출 불가능한 악순환을 만들어버리기도 한다.

그럴 때에는 몸과 마음이 항상 긴장상태로 있고, 자신감을 잃는데다가, 진실하고 따뜻한 사람까지 의심하게 된다. 그러면 에너지가 소모되고, 좋은 인간관계를 즐기자는 인생의 중요한 측면을 단념할 수밖에 없게 된다.

내 나름의 기준을 만들자

'배신' 이라는 충격의 세계에 그대로 머물러 있으면 다양한 상황에서 인생은 괴로워진다.

상대방이 바뀌지 않는 이상, 내가 할 수 있는 것은 '내 나름 의 기준을 만들고, 그 안에서 이해하는 것' 밖에 없다.

'내 나름의 기준' 을 만들 때에는 '내가 상대방에게 이렇게 하면 상대방도 기분 좋게 받아들일 것이다.' 는 모습이 기준이 될 것이다.

내가 기분 좋게 인사를 하면, 상대방도 기분 좋게 인사를 할 것이다. 내가 성실한 모습을 보여주면, 상대방도 성실하게 대해 줄 것이다. 내가 진심으로 사과하면, '뭐, 악의는 없었겠지.' 라 며 용서해줄 것이다.

내가 그러한 태도 즉 기분 좋게 인사하고, 성실한 자세를 보 이고, 진심으로 사과를 하는데도 상대방이 배신을 했다면, 문제 는 분명히 상대방에게 있다.

배신이 '상대방의 문제' 라고 인식하는 자세도 매우 중요 하다. 왜냐하면 상대방의 문제라고 인식하지 않으면 '부족한 모습' 찾기가 시작되기 때문이다.

내 문제일까, 상대방의 문제일까

앞에서 들은 예처럼 '사람을 믿을 수 없게 되었고, 나에게 웃는 얼굴로 말을 걸어오는 사람도 사실은 내 험담을 할지도 모른다.'는 불안감도 나의 '부족한 모습' 찾기에서 비롯된다.

그 '부족함'은 '나에게는 믿을 만한 사람이 한 명도 없다.'는 생각이 될지도 모르고, '나는 누군가에게 배신당해도 될 정도로 하찮은 사람이다.'는 생각이 될지도 모른다.

갑자기 배신이라는 큰 충격을 받아 아무도 믿을 수 없게 된 것은 당연한 반응이다.

그러나 그 당연한 반응에 휘말려서 마음이 지쳐가는 사람은 나 자신이다.

'내 문제일까, 상대방의 문제일까.'라는 시점을 가지고 있으면, 적어도 내 마음은 흔들리지 않는다.

'나의 인간관계는 지극히 정상이다. 매우 상식적이어서 보통 사람에게는 문제없이 통용된다. 그러나 통용되지 않는 경우도 있다. 그럴 때에는 상대방에게 어떠한 사정이 있어서 통용되지 않는 것이지 내가 부족해서가 아니다.' 이렇게 결론 내리는 자세도 중요하다.

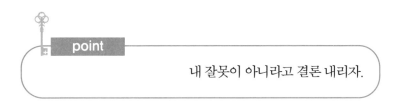

point

내 잘못이 아니라고 결론 내리자.

2 '외로움'에
사로잡혔을 때의 대처법

외로움도 충격에 대한 반응이다

'외로움'도 충격을 받았을 때에 나타나는 전형적인 증상 중의 하나이다.

> 〈예 5〉
> 결혼을 약속한 상대에게 다른 사람이 생긴 사실을 알게 되었다.
> 그 사람과 헤어진 후, 거리에 행복해 보이는 연인들과 부부들을 보면 내 옆에는 아무도 없다는 외로움에 사로잡히게 된다.

당연히 결혼할 줄 안 상대방에게 새로운 사람이 생겼다는 것은 매우 충격적인 사실이다.

결혼까지 생각할 정도로 진지하게 교제하고 있었는데, 상대방에게 새로운 사람이 생겼다는 것은 '배신'이라고 해도 좋을 만큼 큰 충격이다.

상대방은 배신이라고 생각할지 배신이 아니라고 생각할지를 떠나서, 나는 믿는 도끼에 발등 찍힌 격이니까 나에게는 당연히 큰 '배신'이 된다.

이럴 때에도 물론 충격에 대한 반응이 강하게 나타난다.

충격에 대한 반응으로 '이제 아무도 믿을 수 없다.', '나는 사랑받을 자격도 없는 사람이다.'는 감각이 나타나는 것은 당연하다.

또한 이 경우에 느껴지는 강한 '외로움'은, 사실은 충격 후에 나타나는 전형적인 감각이다.

이럴 때에 느끼는 외로움은 '나는 사랑받을 자격도 없는 사람'이라는 감각에서 비롯된 것도 있지만 '아무도 나를 알아주지 못한다.', '아무도 나를 도와주지 않는다.'는 감각에서 오는 것도 있다.

충격의 색안경으로 나를 보지 말자

'나는 사랑받을 자격도 없고, 앞으로 나를 사랑해주는 사람은 만나지 못할 것이다.' 이러한 '충격의 색안경'을 쓰고 세상을 보면, 눈앞에 있는 모든 사람들이 나와 다른 세계에서 이상적으로 생활하는 것처럼 보이기 쉽다.

거리를 걷고 있는 연인들이 실제로 얼마나 행복한지 잘 알지도 못 하면서 그들이 완벽할 정도로 행복해 보이는 것이 그 증거이다.

이럴 때에도 대처법은 마찬가지이다.

우선은 내가 큰 충격을 받았다는 사실을 인정해야 한다.

결혼 상대자에게 다른 사람이 생겼다는 이유로 이별을 한 것은 일생에 몇 번 없을 크나큰 충격이다.

그 충격으로 인해 크게 상처받았기 때문에 다시 일어서려면 시간이 필요하다.

앞만 바라보면 즉 '과연 내가 결혼할 수 있을까.' 라는 시점으로 바라보면 더욱더 충격에서 벗어나기가 어려워진다.

내 상처를 위로하면서, 잃은 것에 대해 슬퍼하면서, 평범한 일상을 되찾으려고 노력해보자.

외로움은 확실히 견디기 힘든 감각이지만, 이 외로움은 애인이 없어서 느끼는 감각이 아니라 충격을 받아서 생긴 감각일 뿐이다.

즉 내가 정말 외로워서 생긴 감각이 아니라, 충격을 받으면 누구나가 느끼는 감각이라는 의미이다.

실제로 애인이 다시 생기지는 않았지만, 충격에서 벗어나면 외로움은 줄어든다.

그리고 외로움이 줄어들면 내가 가지고 있는 다른 어떤 것에 대해 관심이 생기게 된다. 어쩌면 '혼자 사는 인생'의 장점에 눈이 뜨일지도 모른다.

그렇게 외로움이 줄어들 때에 나에게 잘 맞는 사람이 나타나는 경우도 의외로 많이 있다.

다른 사람의 결혼, 출산, 사회적 성공으로 인해 받는 충격

결혼과 출산은 취직과 승진처럼 '사회적으로 얼마큼 행복한지'를 나타내는 척도로 인식되는 경우가 많이 있다.

내 인생이 그다지 행복하지 않다고 생각될 때에 누가 결혼을 하거나, 아이를 낳거나, 좋은 직장에 취직을 하거나, 승진을 했다는 이야기를 들으면 꽤 큰 충격을 받는 이유가 그래서이다.

그럴 때에는 상대방이 한없이 부러워지고, 반대로 내 자신은 하찮게 느껴질 것이다.

마치 '승자'와 '패자'처럼 말이다.

사람은 '다른 사람의 행복을 진심으로 축하해주지 못하는 자신'을 부끄럽게 생각한다. 그래서 상대방을 부러워하고 자신을 하찮게 생각하는 반응을 '질투'와 '미숙'이라고 단정지어버린다.

이러한 사고가 충격에서 벗어나지 못하게 발을 붙잡는다는 사실은 이미 앞에서도 이야기했다.

그러나 이것도 충격에 대한 반응이라고 생각하면 쉽게 이해할 수 있을 것이다.

그리고 그 충격에서 벗어나기 위해서는 나를 부정하지 않는 마음이 중요하다. 나를 부정해버리면 상대방에 대한 좋은 감정도 되찾을 수 없기 때문이다.

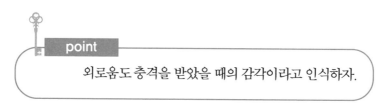

point

외로움도 충격을 받았을 때의 감각이라고 인식하자.

그 사람은 그 사람.

나는 나.

나를 부정하지 말자.

내가 나에게 상처를 주면, 해결되는 일은 아무것도 없어.

외로움

직장 선배에게
상처받지 않는 방법

선배의 괴롭힘에 대처하는 방법

직장생활의 괴로움은 선배와의 관계에서도 크게 나타난다.

〈예 6〉

욕설을 퍼붓고, 자기 마음대로 사람을 해고하는 직장 선배
가 있어서 회사에 있기가 괴롭다. 자기 마음에 들지 않으면
욕을 하고, 노골적으로 사람을 무시한다. 다른 선배에게 하
소연을 하면 '뭐, 참아야지 어떻게 하겠어.'라는 대답만 돌
아온다. 열심히 하려고 했지만, 이제는 한계에 다다랐다.

이렇게 지독한 선배에게 그대로 휘둘려버리면 마음은 정말
지치고 너덜너덜해져버린다.
　이 지독한 선배의 말과 행동 하나 하나가 충격적이기 때문

이다.

'왜 여기서 이렇게 욕을 하지?', '어떻게 사람이 저렇게 심한 욕을 할 수가 있지?' 라는 식으로 말이다.

이럴 때에도 당연히 충격에 대한 반응이 일어난다.

그러나 직장 선배 같은 경우에는 자신감이 없어지는 감각보다 '저 사람은 이상한 사람이다.' 는 감각이 강하게 나타난다.

즉 저 선배가 내 마음을 지치게 만들고 있지만 나로서는 어쩔 수 없다고 생각해버릴지도 모른다.

사람에게 받은 상처는 매우 괴롭기 때문에 마음이 지치고 너덜너덜해지는 것은 당연하다.

그러나 여기에서도 그 마음을 더욱더 괴롭게 만드는 사람은 나 자신이다.

사람에게 상처받지 않는 방법이 있다

이미 과거에 여러 사람을 해고한 경험이 있다는 시점에서 보면 그 선배 자체가 상당한 문제 인물이다. 그러나 그 선배의 인생에는 그렇게밖에 할 수 없었던 나름의 사정이 있을 것이다.

하지만 다른 선배도 포기한 상태이기 때문에 희망이 없는 것이 현실이다.

즉 내가 상식적으로 성의 있는 태도를 취해도, 선배의 행동은 변하지 않을 것이다.

이러한 사람과 관계를 맺을 때에는 내 태도를 분명하게 정해 두어야만 한다. 그렇지 않으면 마치 샌드백처럼 너덜너덜해지기 쉽기 때문이다.

이렇게 쉽게 화를 잘 내는 사람과 있을 때에도 상처받지 않는 방법이 있다.

그것은 상대방을 '위험에 처한 사람'으로 보는 방법이다.

이것은 궤변이 아니다. 선배에게 있어서 일이 잘 진행되면 욕설을 퍼붓거나 노골적으로 사람을 무시하지는 않을 것이다.

선배가 욕설을 퍼붓고 다른 사람을 무시할 때에는 선배에게 있어서 '위험에 처한 상황'이라고 말할 수 있다.

그것은 일이 잘되지 않은 상황뿐만이 아니라 단순히 선배의 '기분이 언짢은' 경우도 포함되어 있지만, 여하튼 '위험에 처한 상황'임에는 틀림없다.

'화풀이하는 사람'은 불안감이 강한 소심한 사람이다

성숙한 사람이라면 위험한 상황에 처했을 때 도와달라고 말하지만, 이 선배 같은 경우는 화풀이하는 모습으로 상대방에게 맞선다.

왜 그런가 하면, 개인적인 배경은 각각 다르지만, 일반적으로 자신감이 없고 불안감이 강한 사람일수록 '위험한 상황'을 자신의 문제로 받아들이지 못하기 때문이다.

내 문제를 내 문제로 받아들이지 못하는 사람일수록 '소심한 사람'이라고 생각하면 이해하기 쉬워진다.

그렇기 때문에 그 표현 방법이 아무리 '지독'해도 그저 소심한 사람의 행동이라고 이해하는 것이 중요하다.

그리고 거기서 퍼붓는 욕설은 '도와줘!'라는 비명에 지나지 않는다.

이러한 식으로 보는 것만으로도 마음이 지치는 것을 어느 정도 막을 수 있다.

'무시당했다!', '공격당했다!'가 아니라 '위험에 처한 선배가 내 앞에서 비명을 지르고 있다.'고 생각해버리면 스트레스가 줄어들기 때문이다.

그러면 '고작 그런 일로 저렇게 비명을 지르다니.'라며 웃어 넘기는 여유까지 생길지도 모른다.

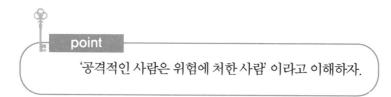

point

'공격적인 사람은 위험에 처한 사람'이라고 이해하자.

4. '나의 이상향'으로
다른 사람을 보지 말자

내가 가진 선배상을 버려라

선배에게 괴롭힘을 당하고 있을 때에 '공격당했다!'는 생각이외에 내 마음을 지치게 만드는 또 하나의 힘이 있다. 그것은 바로 '선배는 이래야만 한다.'는 나만의 이상향이다.

물론 앞에서 들은 예 6의 선배는 선배로서 부적절한 사람인 것만은 틀림없는 사실이다.

그러나 그 사실과 '선배는 이래야만 한다.'는 생각으로 선배를 바라보는 것은 다르다.

이상은 이상이지만, 현실은 어디까지나 현실이기 때문이다. 현실을 현실로 받아들이지 않으면 내가 느끼는 부담감은 더욱더 커지게 된다.

무엇을 볼 때마다 '현실은 이래야만 한다.'는 시점으로 보면 스트레스만 쌓이기 때문에 그 생각 자체만으로도 마음이 지치게 된다.

이것은 마치 뿌연 안경으로 무언가를 열심히 보는 것과 같다. 뿌연 안경으로 보면 눈은 금세 지쳐버리기 때문이다.

그리고 뿌연 안경으로 무언가를 열심히 본다고 해도, 내 눈만 지칠 뿐이지 그 대상은 절대 바뀌지 않는다.

뿌연 안경보다 깨끗한 안경으로 사물을 있는 그대로 보는 편이 좋다.

그 사람이 장점이 많은 경우에는 그대로 받아들이기 쉽지만, '사람으로서 분명히 문제가 있다.'고 생각되는 경우라면 사실을 있는 그대로 받아들이기가 어렵다.

상대방을 있는 그대로 받아들이면 그 심한 말과 행동을 모두 인정하는 기분이 들지도 모른다.

그리고 '이래야만 한다.'는 시선을 가지고 있으면 상대방에게 암암리에 무언가를 바라게 된다.

그러나 유감스럽지만, 그것들은 모두 쓸데없는 노력이라고 말할 수 있다.

문제가 있는 말과 행동을 하는 사람은 일반적으로 상당한 아픔을 가지고 있기 때문이다.

이런 사람들은 분명히 매우 힘든 사정을 가진 인생을 보낸 사람일 것이다.

그런 복잡한 사정이 있는 사람을 전문가도 아닌 내가 치료하는 일은 불가능하고, 설령 전문가라고 하더라도 치료는 꽤 어려울 것이다.

이룰 수 없는 목표는 '출구가 없는 상황'과 같다. 그러니 마음은 점점 더 지치고 너덜너덜해질 것이다.

내 마음을 지치게 할 필요는 없다

이상이 아닌 현실로 생각하면 선배는 자신의 태도를 바꾸지 않을 것이다. 그러면 내 마음만 점점 더 지쳐갈 뿐이다. 지금 이 상황이 누구에게 더 큰 부담인지 분명히 알게 될 것이다.

이런 선배에게도 언젠가 변하는 날이 올지도 모른다.

하지만 그것은 선배 자신이 변해야 되겠다고 마음먹을 때일 것이다.

사실 선배에게 있어서도 그러한 삶은 꽤 큰 스트레스일 것이다. 그리고 언젠가 그 스트레스로 인해 질병이 생기는 날이 올지도 모른다. 그때에 치료를 받으면 비로소 바뀔지도 모른다.

그러나 그것은 선배의 인생이기 때문에 가족도 아닌 내가 신경 쓸 필요는 없다.

지금은 단순히 '이렇게밖에 행동하지 못하는 선배'라는 현실을 인정하고, 선배를 '위험에 처한 사람'으로 보는 시점에서 타협해야 한다.

물론 눈앞에서 폭력적인 태도를 취하면 기분이 상할 것이다.

소음은 아무리 작아도 소음인 것처럼 그 스트레스만은 없앨 수 없지만, 반대로 말하면 그 스트레스 '만' 은 줄일 수 있다.

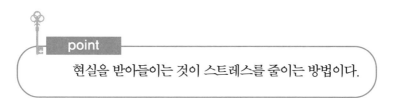

point

현실을 받아들이는 것이 스트레스를 줄이는 방법이다.

5

직장 내 따돌림으로
마음이 아프다면

전부 상대방의 문제라고 단정 짓자

부당한 대우를 받았을 때에 생기는 분노를 그대로 가슴에 담아두면 마음은 지치고 너덜너덜해져버린다.

〈예 7〉

꿈꾸던 회사에 입사해서 처음 소속된 부서의 여성 팀장은 나를 끊임없이 괴롭히고 무시한다. 출근해도 나를 없는 사람으로 취급하고, 일도 제대로 가르쳐주지 않는다. 내가 어떤 질문을 하면 노골적으로 노려본다.

다른 사람들은 나를 친절하고 착한 사람이라고 말한다. 그래서 팀장의 행동이 더욱더 이해가 되지 않는다. 화를 오랫동안 가슴에 품고 있었더니 결국 마음이 지쳐버렸이 여성 팀장도 '위험에 처한 사람'이라고 볼 수 있다.

어쨌든 다른 사람에게 부정적인 태도를 취하는 사람은 위험에 처한 사람이라고 말할 수 있다. 사람은 위험에 처하지 않으면 누구나 친절한 존재이기 때문이다.

이 문제를 전부 팀장 탓으로 돌려버리면 마음이 한결 편안해질 것이다. 그리고 분노라는 감정에서도 벗어날 수가 있다.

어른이고 팀장이라는 사회적 위치도 있는 사람이 이렇게 어린아이처럼 행동하면서 매일 부끄러운 모습만 보여주니 어쩌면 불쌍하기조차 할 것이다.

'내가 스트레스의 화풀이 대상이 되고 있다.'는 시점에서 보면, 피해자는 내가 되기 때문에 분노의 감정을 느낄 것이다. 그러나 '미숙한 행동을 참지 못하는 사람'이라는 시점에서 보면, 팀장은 그저 미숙한 사람에 지나지 않는다.

물론 이 팀장 같은 사람을 보면 '사회인으로서 해서는 안 되는 태도'라는 생각이 들고, '현실은 이래서는 안 된다.'고 생각될 것이다.

그러나 앞에서 말했듯이 '현실은 이래야만 한다.'는 생각을 가지고 있으면, 오히려 내가 받는 스트레스만 늘어난다.

우선은 '이 사람은 이렇게 행동할 수밖에 없는 사람이다.'는 사실을 인정하는 것부터 시작해보자.

물론 노동환경이라는 시점에서 보면 이 여자 팀장의 행동은 매우 부적절하다. 어떠한 상황에서든지 남을 괴롭히고 무시하는 행동은 절대 정당화될 수가 없다. 이럴 때에는 누군가와 상담을 하면서 하루빨리 개선 방법을 찾아내고, 이직이나 전직이 가능하다면 그것을 생각해보는 것도 좋은 방법이다.

이렇게 부적절한 행동을 하는 사람에게는 직접적으로 그 사람의 행동에 대해 말하는 것보다 제3자에게 고민을 털어놓는 편이 더 현실적이다.

그러나 이 상황이 장기간 이어지는 이유는 아마 누군가에게 고민을 털어놓을 수 없는 환경이기 때문일 것이다. 무엇보다 내가 꿈꿔오던 회사이니까 '현실은 이래야만 한다.'는 스트레스로 나를 몰아넣는 것도 과분한 이야기가 아니다.

그러나 마음이 편안해질 수 있도록 조금 시각을 바꿔보자.

사람은 '알 수 없는 것'을 괴롭힌다

주변 사람들에게는 '친절하다.', '착하다.'는 호평을 듣는 내가 왜 괴롭힘의 대상이 되었을까. 그 문제에 대해 잠시 생각해보자.

일반적으로 괴롭힘은 '위화감을 조성하는 사람'에게 행해진다.

내가 봐서 '알 수 없는 요소'가 있으면 그것이 불안을 증폭시킨다.

사람을 불안하게 만드는 사람은 무슨 생각을 하고 있는지 모르겠는 사람, 나를 어떻게 생각하고 있는지 모르겠는 사람, 쓸만한 사람인지 아닌지 모르겠는 사람 등이다.

즉 무언가 '알 수 없는 상황'이 사람을 불안하게 만든다고 할 수 있다. 그리고 이 불안은 예 7처럼 무시나 공경이라는 자세를 만들어낸다.

'착하다'는 말을 자주 듣는 사람의 경우에는 이 착한 성격이 '알 수 없는 요소'가 되어버리기도 한다. '왜 지금 같은 상황에서 화를 안 내지?', '왜 아무렇지도 않지?'처럼 상대방으로서는 전혀 이해가 되지 않는 행동이 사람을 불안하게 만들어버리는 것이다.

그 선량함이 사람을 불안하게 만드는 것이 아니라 '알 수 없는 감정'이 사람을 불안하게 만드는 것이다.

즉 '무슨 생각을 하는지 모르겠는 사람'이기 때문이다.

그렇기 때문에 이 상황을 잘 극복하기 위해서는 '알기 쉬운 사람'이 되는 것도 하나의 방법이다.

'알기 쉬운 사람'이란 부당한 대우에 반발하는 사람이란 뜻이 아니다.

목적은 어디까지나 상대방을 안심시키는 데에 있다. 그래서 반발이 아니라 상대방에게 호의를 전해야 한다.

상대방을 존경하는 마음과 배울 점이 많다는 것, 그리고 선배에게 꼭 일을 배우고 싶다는 마음과 내가 지금 무슨 생각을 하고 있는지를 정확하게 전달하면 상대방의 불안도 줄어들고 나를 대하는 태도도 바뀔 것이다.

모르는 사이에
내가 메시지를 차단하고 있는 것일지도 모른다

직장 내 따돌림은 대부분의 경우가 상대방이 '당연하다고 생각하는 것'이 제대로 이루어지지 않았을 때에 일어난다.

즉 상대방의 메시지를 차단해버린 경우이다. 그것은 팀장이 퇴근 후 맥주 한잔 마시자고 권했는데 다른 약속이 있어서 거절한 일 정도로 단순한 사건이 될지도 모른다.

팀장 입장에서 보면 그 거절 자체가 '있을 수 없는 일'일지도 모르고, 그 후에 '어제는 중요한 약속이 있어서 함께하지 못했습니다. 괜찮으시다면 오늘 퇴근 후에 한잔하면 어떨까요?' 하고 분위기를 맞추지 못한 것이 문제가 된 것일지도 모른다.

이렇듯 '모르는 사이에 내가 메시지를 차단해버린' 경우에도 상대방에게 호의를 내비춰서 '알기 쉬운 사람'이 되어야 한다. 그러면 '어제 술자리를 거절한 것은 정말 중요한 약속이 있어서일지도 모른다.', '아직 젊고 사회경험이 부족해서 분위기를 맞출 줄 모르거나 너무 내성적인 사람일지도 모른다.' 는 생각을 심어줄 수 있게 된다.

그래도 태도가 바뀌지 않는다면 그것 또한 '상대방의 한계'로 받아들이는 것이 좋다. 한계를 인정하는 자세가 스트레스를 줄이는 가장 좋은 방법이기 때문이다.

또한 상대방에게 존경하는 마음과 일을 배우고 싶다는 마음을 전했는데도 불구하고 무시당했다면, 반드시 누군가가 도와줄 것이다.

'알기 어려운' 요소가 많을 때에는 다른 사람도 나와 똑같이 어렵다고 생각하기 때문에 제3의 인물이 손을 내밀어주는 경우도 적지 않다.

'나를 싫어한다.' 고 생각하는 것과 '내가 상대방을 불안하게 만들고 있다.' 고 생각하는 것에는 큰 차이가 있다.

전자는 아무래도 자기혐오나 자기방어에 빠지게 된다. 즉 '괴롭힘을 당하는 나' 에게 의식이 향하기 쉽다.

그러면 마음이 지치고 에너지는 나오지 않게 된다.

그러나 후자는 '무엇 때문에 불안해하고 있는 걸까.', '어떻게 하면 안심시켜줄 수 있을까.' 라는 식으로 생각하는 것이 가능해진다.

내가 아무리 노력해도 상대방은 불안을 느낄지도 모르지만, 그것은 어디까지나 상대방의 사정이다.

114

그러나 적어도 내 마음이 지치지 않는 것만은 분명하다.

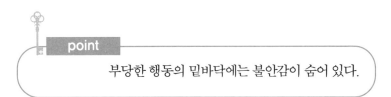

point

부당한 행동의 밑바닥에는 불안감이 숨어 있다.

6

누군가에게 무시당했을 때에는
어떻게 하면 좋을까

'노력하고 있는데……' 도 충격의 반응이다

그러면 '위험에 처한' 선배의 또 다른 유형을 살펴보자.

〈예 8〉
일을 잘 못 하는 나를 옆에서 챙겨주고 항상 나를 믿어준 선배가 화가 났는지, 딱히 큰 실수를 한 것도 아닌데 '너는 어떻게 후배보다 못 하니. 저 후배한테 가서 일 좀 배워가지고 와.'라며 노골적으로 나를 무시해서 상처받았다. 나는 열심히 한다고 생각했는데…….

선배가 아무리 훌륭한 사람이고 지금까지 나를 잘 보살펴줬다고 해도, 역시 이 말은 너무나 비인간적이다.
'일을 잘 못 한다.' 는 말은 능력평가처럼 들리지만 엄연한 인격모독이다.

지금까지 나를 믿어준 사람에게서 이러한 인격모독을 당하면 큰 충격을 받게 되고, 당연히 충격에 대한 반응이 일어나게 된다.

'나는 열심히 하고 있는데.' 라는 생각은 지금까지 보아온 '부족한 모습' 찾기의 하나의 형태로 '충격의 반응' 처럼 보이지만, 사실은 나를 지키고 상처를 막아주는 훌륭한 반응이다.

이 이야기의 포인트는 '무슨 일이 일어났는지 모른다.' 는 점에 있다. 지금까지 내 뒤를 돌봐주던 선배가 갑자기 태도를 바꾸어버렸기 때문이다.

'왜?' 라고 나에게 질문하지 말자

나에게 무슨 일이 일어났는지 아는 것은 충격을 극복하는 힘으로 이어진다. 그러나 무슨 일이 일어났는지 모르면 마음은 언제까지나 충격에서 벗어나지 못하고 '왜?' 라고 나에게 질문하게 된다.

믿는 도끼에 발등을 찍힌 격이니 이때의 충격의 성질은 '배신' 이 된다.

여기서 '왜?' 라고 나에게 물으면 마음은 당연히 지치게 된다.

왜인지 자세한 이유는 알 수 없지만, 이 선배가 '좋은 선배'로 있으려는 마음에 자신이 하고 싶은 일만 하고 어느 날 갑자기 손을 놓아버린 것이다.

물론 이것은 선배로서 미숙한 대응이라고 말할 수 있다. 자신이 어디까지 맡아서 일할지 정확하게 판단하지 않았고, 설령 후배가 실수를 했더라도 그렇게 모욕적인 말은 내뱉지 말았어야 했기 때문이다.

이 사람은 본래 자신이 하지 않아도 되는 일을 좋은 선배다운 모습을 보여주고 싶어서 떠맡은 것뿐이다. 그리고 더 이상 하고 싶지 않으니까 배려 없는 말을 내뱉은 것이다.

그렇게 생각하면 이 선배도 역시 '위험에 처한 사람'이라고 말할 수 있다. 그리고 그 말투는 단순히 '비명'에 지나지 않는다.

'믿었던 선배에게 배신당했다.'는 시선으로 바라보면 상처받지만, '여유가 없어진 선배가 비명을 지르고 있다.'는 시선으로 보면 그 말투는 그저 비명이 된다.

상대방의 한계를 알고, 내 가능성을 찾자

이러한 상황도 충격은 충격이기 때문에 물론 그에 대한 반응이 나타날 것이다. 그러나 '지금은 어쩔 수는 상황이다.'고 생각하고 받아들이자.

그리고 이 사건을 그저 '불쾌한 일'로 끝내버리지 말자. 이 사건은 나를 성장시키는 계기가 되기도 하기 때문이다.

그 계기를 잘 활용하려면 내 이야기를 공감하며 들어주는 사람을 찾아야 한다.

'선배에게 당한 일'에만 집중하고, 나도 열심히 하고 있다는 생각에만 빠져 있으면 아무래도 자기방어에 빠지기 쉽다. 그리고 어디를 개선해야 되는지 알 수가 없고, 어쩌면 개선점을 생각하고 싶지도 않게 될 것이다.

이것은 '열심히 하고 있는데.'라는 생각이 충격에 대한 반응이라는 것을 감안하면 당연한 반응이라고도 말할 수 있다.

그러나 '너무하네.', '너도 열심히 하고 있는데.', '그렇게 된 이유도 듣지 않고.'라며 누군가가 내 이야기를 공감하며 들어주면 점점 마음이 열릴 것이다.

그러면 '나에게도 고쳐야 할 점이 있지는 않을까.', '선배에게는 이 일이 부담이었을지도 몰라.'라는 긍정적인 마음이 생겨날지도 모른다.

결과적으로 이 사건으로 마음이 지치고 너덜너덜해지는 악순환에 빠지는 것이 아니라, 오히려 나 자신이 성장할 것이다.

'선배와 나 둘 중에 누가 더 옳은가.'라는 의미 없는 싸움을 하는 것보다, 선배의 한계를 인정하고 내가 성장할 수 있는 가능성을 찾는 것이 중요하다.

마음을 지치게 만드는 사건을 자기성장으로 연결시키자.

7 문제 인물과
    마주해야만 할 때

나는 무엇을 '기대'하고 있는 걸까

그러나 불행하게도 문제의 인물과 마주해야만 하는 상황이
라면 우리는 어떻게 해야 좋을까?

〈예 9〉
내가 담당하게 된 대기업 거래처의 A 씨는 알 수 없는 이
유로 항상 화를 낸다. 내 이야기는 듣지도 않고, 실수는 모
두 다른 사람 탓으로 돌리고, 자기가 생각한 대로 되지 않
으면 상대방에 무턱대고 화를 내는 문제 인물이다. A 씨에
게 연락이 오면 손발이 떨릴 정도이다. 그 스트레스로 위장
장애가 생겨났고, 의사도 하루빨리 휴식을 취하는 게 좋다
고 말했지만 나 대신 일할 사람이 없어서 휴가도 못 쓰고

있다. 나는 회사에서 실적도 좋고 인간관계도 좋다. 그리고 무엇보다 내 일을 좋아해서 회사를 그만두고 싶지도 않다. 하지만 A 씨만 만나면 마음이 지쳐버린다.

A 씨는 어쩌면 '자기애성 인격 장애' 환자일지도 모른다. 다른 사람에 대한 공감이 부족하고 자기중심적인 말과 행동으로 자신에게는 물론이고 다른 사람에게까지 부적절한 행동을 저지르는 사람이다.

그렇기 때문에 A 씨의 행동에 그대로 말려들어서 건강까지 악화되었다고 말할 수 있다.

그러나 'A 씨만 만나면 마음이 지쳐버린다.' 는 상황은 피할 수가 없다. A 씨의 태도는 병적인 것이기 때문에 치료를 받지 않으면 변화를 기대할 수 없기 때문이다.

이럴 때, 나는 지금 무엇을 '기대'하며 현재에 머무르고 있는지를 생각해봐야 한다.

현재에 머무르고 있다는 것은 '무엇을 기대'하고 있다는 뜻이기 때문이다.

하지만 마음이 지치고 너덜너덜해질 때에는 눈앞의 일만 쫓기 때문에 '나는 지금 이 상황에서 무엇을 기대하고 있는 걸까.' 라는 시점을 갖기가 어려워진다. 그러나 내가 지금 무엇을 기대하고 있는지를 의식하면 현재 희망이 없는 교착상태에 빠져 있다는 사실을 알 수가 있다.

　나를 지치게 만드는 것은 나에게 부적절한 행동을 하는 사람이 아니라(물론 그 스트레스도 막대하지만) 오히려 그 절망적인 교착상태에 있다.

교착상태를 해결하기 위한 방법

　1장에서 이야기한 '마음을 지치게 하는' 특징 중의 하나인 '출구가 보이지 않는' 상황이 여기에서 두각을 나타낸다.

　나 대신에 일할 사람이 없다는 등 현재 상태가 바뀌지 않는 '이유'는 잘 알고 있을 것이다. 그러나 현재 상태에 그대로 머무르고 있으면서 무언가 바뀌길 '기대'하는 것은 모순과 같다.

　A 씨의 태도가 좋아질 수 있을까. A 씨가 회사를 그만둘 가능성이 있을까.

　이러한 생각을 하면서 현재 상태에 그대로 머무르고 있다는 것은 사태가 해결되길 기대하고 있다는 증거이기도 하다. 그러나 현실에서는 그러한 기대가 이루어지지 않는다. 그 사실을 먼저 인정해야 비로소 사태 해결이 시작된다.

　즉 이대로 A 씨와 계속 만나도 그의 태도는 개선되지 않을 것이고, 그 태도로 일어나는 내 반응은 더욱더 악화될 것이다.

　A 씨가 회사를 그만둘 가능성이 전혀 없는 것은 아니지만,

그것은 엄연히 다른 회사의 사정이다. 완전히 내 통제 밖의 일이고, 복권 당첨과 같은 일이다.

'현재 상태를 유지하고 있으면 사태는 더욱더 악화된다.'는 현실을 인정해야 비로소 어떻게 해야 될지 '사태 해결 방안'을 생각할 수 있게 된다.

물론 현재 '노력'하고 있는 상태일 테지만, 무엇을 향해서 노력하고 있는지 잘 생각해야 길이 열릴 것이다.

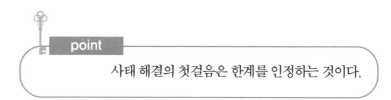

point

사태 해결의 첫걸음은 한계를 인정하는 것이다.

8 • 회사에도 '한계'가 있다

직장에 정말 '나 대신 일할 사람'이 없을까

이 경우에는 물론 의사의 조언대로 휴식을 취하는 것이 가장 좋은 방법일 것이다.

'나 대신 일할 사람이 없어 쉴 수가 없다.' 현시점에서는 그렇게 느낄 것이다. 그러나 실제로 몸과 마음이 아파서 어쩔 수 없이 휴직을 한 사람들은 나중에 자신의 행동을 뒤돌아보고 이렇게 말한다.

'그때에는 내가 쉬면 회사가 돌아가지 않을 줄 알았다. 그러나 내가 이렇게 쉬고 있어도 회사는 잘 돌아간다.'

'나 대신에 일할 사람이 없어서 쉬지를 못한다.'는 생각이 정말 사실일지, 내가 쉬면 회사가 정말 문을 닫게 될지 제대로 검토할 필요가 있다.

이미 몸과 마음이 비명을 지르고 있기 때문에 한시라도 빨리 결정을 내야만 한다.

실제로 이 검토는 매우 어렵다. 특히 마음이 지치게 되면 시야는 자학적인 방향으로 좁아지기 때문에 '나 대신에 일할 사람이 없다.'는 감각이 강해지기 쉽다.

물론 중요 전문직을 맡고 있는 사람이라면 대신 일할 사람이 없을지도 모른다. 그러나 그럴 때에는 회사에도 '한계'가 있다는 사실을 인식해야만 한다.

개개인에게 한계가 있는 것과 마찬가지로, 회사라는 조직이 개개인의 집합체인 이상 생각처럼 되지 않는 부분은 있다.

회사라는 조직에 속한 우수한 사원이 질병에 걸렸다는 것은 틀림없는 사실이고, 하나의 '한계'이다.

회사는 그 '한계'를 받아들이고 앞날을 결정해야 할 필요가 있다. 물론 바꿔야만 하는 구조도 있을 것이다. 일시적으로 업무에 차질이 생길지라도, 그것은 받아들여야만 하는 현실이다.

내 인생 역시 누구도 대신할 수가 없다

회사보다도 더 대신할 수가 없는 것은 내 인생이다.

누구도 내 인생을 대신 살아줄 사람은 없다. 아무리 가족이라고 해도 나 대신에 내 인생을 살아줄 수가 없다. 나는 누구와도 바꿀 수 없는 존재이기 때문이다.

정말 쓰러져서 다시 일어날 수 없을 때가 되기 전에 이 사실을 인식했으면 한다.

또한 회사에서 실적이 좋고 인간관계도 좋은 인재라면 회사도 기다려 줄 것이다. 자신감을 갖고 휴직 상담을 해보는 것도 좋은 방법이다.

마음이 지치고 너덜너덜해지면 '휴직을 하면 평가가 내려가는 게 아닐까.'라는 생각이 들 테지만, 평가는 양방향이다.

회사가 나를 일방적으로 평가하는 것이 아니라, 나도 '회사를 위해 몸이 부서져라 일한 나를 회사는 어떻게 받아들일까.'라는 시점으로 회사를 평가할 수가 있다.

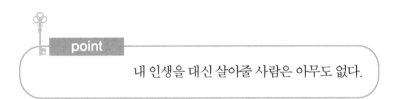

point

내 인생을 대신 살아줄 사람은 아무도 없다.

9 혼자서는
대처할 수 없는 일이 있다

혼자서 해결하려고 하지 말고, 팀을 이루자

휴직 상담도 그렇지만, 이러한 어려운 상황을 혼자만의 노력으로 극복하는 것은 사실상 불가능하다.

왜냐하면 병적으로 행동하는 사람을 나 혼자만의 힘으로 대응하기는 어렵기 때문이다.

사회에 잘 적응해가기 위해서는 나름대로 협동심이 필요하다.

그것을 잘할 수 없는 사람은 항상 자신이 처한 환경에 적응할 수가 없고, 질병에 걸리게 되고, 치료를 받으면서 적응하는 방법을 배우게 된다.

A 씨처럼 자신이 아니라 주변 사람들을 질병에 걸리게 만드는 사람도 있다.

이러한 경우에는 '주변 사람들'이 적절한 대응을 해야만 한다.

이것은 실적이 좋고 인망이 두터운 내가 인정해야만 하는 '한계'이다.

세상에는 혼자만의 힘으로는 대처할 수 없는 일이 있다.

'매진하고 있는 사람'은 아무래도 모든 일을 혼자 끌어안고 있지만, 앞에서 들은 예 9처럼 혼자서 처리하는 일이 사실상 불가능한 경우도 있다.

혼자서 처리할 수 없는 일을 혼자 처리하려고 하면 마음이 지치고 심각한 경우에는 질병을 얻을 수도 있다. 그렇게 되면 '일정기간 휴식을 취해야 한다.'는 형태로 주변의 도움을 받을 수밖에 없게 된다.

또는 그러한 사태에 빠지는 것을 방지하기 위해서는 '이것은 혼자 처리할 수 없는 경우'라는 사실을 인정하고 팀을 꾸리는 것도 하나의 방법이 될 것이다.

그것은 A 씨 같은 사람을 여럿이서 담당하는 방법일 수도 있고, 혼자 담당하더라도 A 씨를 대응하는 팀을 만드는 방법일 수도 있다.

담당자가 고생한 일과 상처받은 일을 서로 이야기하면서 '힘들었겠네.', '그 사람 너무하네.', '조금만 참아보자고.'라며 공감해주는 사람이 있는 것과 없는 것은 마음에 입는 상처가 다르기 때문이다.

한계를 인정하면 길이 열린다

내 몸과 마음의 한계를 받아들이는 것도 중요하지만, 예 9의 한계를 받아들이면 가능성이 높아진다.

'혼자서는 처리할 수 없는 일이 있다.' 는 한계를 인정하면 절망적으로 보이는 상황도 길이 열리게 된다.

일반적으로 어떤 교착상태에 빠져서 마음이 지치고 너덜너덜해질 때에는 한계를 인정하지 않으려고 한다.

앞에서 '무엇을 기대하며 현재 상태를 유지하고 있는가.' 라는 질문을 했지만, 이것은 '한계를 인정하지 않기 위해 현재 상태에 머물러 있는 것은 아닌가.' 라고 다시 질문할 수가 있다.

예 9에서는 '혼자서는 A 씨를 대응할 수 없다.' 는 한계를 인정하지 않은 결과, 마음이 지쳐버린 것이다.

매진하고 있는 사람은 한계를 인정하지 않는 사람이다. 그리고 그 마음이 노력부족과 패배감을 만들어버리는 것이다.

또한 한계를 인정하지 않는다는 것은 사실을 똑바로 인식하지 못했다는 것과 같다.

정확한 '방향과 대책' 을 세우기 위해서는 우선 사실을 똑바로 인식하는 것부터 시작해야 한다.

point

현재 상태에 머물러 있으면
바뀌는 일도 얻을 수 있는 일도 없다.

4장

'미래에 대한 불안'을 없애면
모든 일이 잘 풀린다

절망적인 상황을 뛰어넘는 방법

1 취직이 되지 않는 불안감을 어떻게 없앨까

내가 통제할 수 없는 일에 행복을 맡겨버렸다면……

아무리 노력해도 넘을 수 없는 벽에 부딪혀버렸다면 사람의 마음은 어떻게 될까. 그럴 때에는 어떠한 마음가짐이 중요한지에 대해서 생각해보자.

〈예 10〉
회사를 그만둔 지 2년이 지났지만, 재취업이 되지 않아 매일 괴로워하며 지내고 있다. 아르바이트를 하고는 있지만 이미 적금은 바닥을 드러낸 상태이다. 최근에는 이력서를 넣어도 면접조차 보지 못하는 경우가 늘어나고 있다. 인생 참 암담하다…….

이렇게 취직이 되지 않으면 정말 괴로울 것이다. 물론 아무

문제없이 재취업이 되면 매우 기쁠 테지만, 이러한 상황에서 재취업은 아마 다른 사람 이야기처럼 들릴 것이다.

요즘 사회적 경기도 그렇고, 재취업은 좀처럼 내 생각대로 되기가 쉽지 않다.

내가 통제할 수 없는 일에 행복을 맡겨버리면 운명의 노예가 될 수밖에 없다.

'재취업이 되지 않는 한, 행복한 인생을 보낼 수 없다.' 는 식으로 말이다.

재취업이 되지 않으면 경제적으로도 풍족하지 못하고, 생활 전반에 어려움이 많을 것이다. 그러나 그 상태에 내가 더 큰 짐을 올려버리면 생활은 정말 '암담' 하게 된다.

재취업을 하지 못해서 오는 괴로움은 나로서는 어쩔 수 없는 일이지만, 평온한 마음만은 내가 만들어낼 수가 있다. 이 장에서는 그 사실을 보여주겠다.

우리는 운명의 노예가 아니라, 내 마음의 주인이 될 수가 있다. 물론 단순히 '긍정적인 사고' 를 보여주는 것이 아니니까 안심하길 바란다.

'재취업이 되지 않는 현실' 은 충격의 연속이다

우선 재취업이 되지 않는 상황에서 현실을 암담하게 느끼는 것은 지극히 당연한 반응이라고 인식하길 바란다.

'재취업이 되지 않는다.' 이것은 단순히 절망적인 상황처럼 보이지만, 재취업이 되지 않은 상황만으로 절망감을 느끼는 것이 아니다.

'지원해서 떨어졌다.'는 충격을 여러 번 받았다는 측면도 있다.

회사에 지원할 때에는 물론 '취업 달성'이라는 기대감을 가지고 긴장하며 노력하게 된다.

그러나 '불합격'이라는 결과가 나오면 꽤 큰 충격을 받게 된다.

설령 불합격을 생각하고 응모한 경우라도 그 충격은 마찬가지이다.

왜냐하면 재취업에 모든 인생이 달려 있다고 생각하기 때문이다. 목숨 걸고 지원했는데 '불합격'이라는 결과를 받았다는 것은 인생의 동아줄이 끊어져버린 상태와 같다.

또한 일반적으로 대부분의 회사는 합격했을 때에만 연락을 줄 뿐, 불합격된 이유에 대해서는 설명을 해주지 않는다.

정중하게 불합격된 이유를 설명해준다면 몰라도, 이러한 취급은 무시당하는 것 같은 느낌을 주기도 한다.

면접조차 보지 못한 경우라면 이렇게 무시당하는 감각은 더욱더 강해질 것이다.

즉 '불합격'이라는 것은 매우 큰 충격이고, 그 충격에 대한 반응은 당연히 일어난다.

예 10은 이 충격이 반복적으로 나타났기 때문에 그 강도는 상당할 것이다.

하나의 충격에서 일어선 지 얼마 되지 않아 '이번에는 꼭'이라는 심정으로 지원했는데도 불구하고 또다시 불합격이 된 것이다. 이렇게 충격을 받는 일이 반복적으로 일어나서 마치 샌드백처럼 마음이 너덜너덜해졌다고 볼 수 있다.

그러면 당연히 미래가 불안해지고, 자신을 무능한 존재라고 생각하기가 쉽다.

또한 나의 '부족한 모습' 찾기가 시작되어서 자신감이 없어질 가능성도 높아진다.

그렇기 때문에 이 시점에서 '암담한 인생' 이라고 느끼는 것도 무리는 아니다.

이것은 모두 사람으로서 지극히 당연한 충격에 대한 반응이다.

그러나 나를 '무능한' 존재로 볼 필요가 전혀 없다.

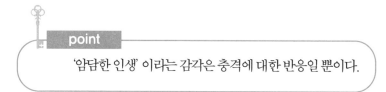

point

'암담한 인생' 이라는 감각은 충격에 대한 반응일 뿐이다.

2 '미래의 노예'에서
해방되자

'지금 이 순간을 즐기자.'

확실히 재취업이 되지 않는다는 것은 심각한 문제이다.

그러나 이렇게 외적 조건에 휘둘리고 충격에서 벗어나지 못하면 문제는 필요 이상으로 심각해져버린다.

'재취업이 되지 않는다.'는 것을 중심으로 인생이 돌아가면, 그것보다 더 중요한 요소가 없어져버리기 때문이다.

이를테면 '재취업이 되지 않는 한 나는 마음이 편안해질 수가 없다.'는 감각이 생길지도 모른다. 재취업이 되지 않는 한 나는 항상 불행할 것이라는 감각에 빠져버리는 것이다.

반복적으로 충격을 받으면, 생활은 그 충격에 완전히 지배되어 '절대 재취업을 할 수 없는 사람'이라는 감각에 빠지기 쉽다.

그러나 우리는 무언가를 즐길 힘과 마음이 평온해지는 힘을 가지고 있다.

그 힘을 확인하기 위해서는 '지금 이 순간'을 즐겨야 한다.

지금 이 순간에만 마음을 집중시키고, 잠시 한숨 돌려보자.

재취업은 완전히 뒤로 미뤄두고, 의식의 밖으로 내보내자.

아무래도 재취업이 머리에서 떠나지 않아 초조함을 느낄지도 모르지만, 이 순간 재취업을 의식 밖으로 내보낸다고 해도 결과는 절대 바뀌지 않는다.

거의 한순간이라도 좋다.

누군가와 웃으며 대화하는 것도 좋고, 맛있는 차를 마시는 것도 좋다.

맑은 하늘을 바라보는 것만이라도 충분하다.

책을 읽는 것도 좋은 방법이다.

그러나 책을 읽을 때에는 주의해야 할 점이 있다. 조금이라도 취업과 관련된 책은 읽지 않는 편이 좋다.

책을 읽는 목적은 '재취업'을 중심으로 돌아가는 인생에서 한순간이라도 해방되는 데에 있다. 이렇듯 지금 이 순간을 즐기려면 취업과 관련된 것은 피해야만 한다.

나 이 외의 것에 의식을 향하자

'즐기자.'라는 감각과 다를지도 모르지만, 내 주변을 정리하는 방법도 마음이 편안해지는 데에 도움이 된다. 그러나 '대청소'는 목표로 세우지 않는 편이 좋다.

대청소는 쉽게 이룰 수 있는 목표가 아니다. 그렇기 때문에 청소가 이루어지지 않았을 때에는 '정리도 못 하는 한심한 인간'이라는 감각이 생길지도 모른다.

대청소라는 거창한 목표보다도 책상 정리, 서랍장 정리 등 작지만 '완벽하게 끝낸 느낌'을 얻을 수 있는 것이면 충분하다.

책상 정리, 서랍장 정리뿐만 아니라 신발 정리도 추천한다.

누군가를 도와주는 것도 의외의 효과를 가져다준다. 무거운 짐을 들고 있는 사람을 도와주는 것도 좋고, 시각장애인을 안내하는 것도 좋다.

다른 사람에게 의식을 집중하면 순간적으로 내 고민을 완전히 잊을 수 있기 때문이다. 이처럼 누군가를 도와주는 일은 '스스로 즐거움'을 찾기 힘든 사람에게 추천하는 방법이다.

다른 사람을 도와주면 마음이 따뜻해지고, 나에게도 누군가를 도와줄 수 있는 힘이 있다는 사실은 무력감에서 벗어나는 기회를 만들어준다.

아주 짧은 순간이라도, 마음이 즐겁고 따뜻해지면 편안한 시간을 가질 수 있다. 그리고 이러한 시간들은 나에게 큰 힘이 된다.

내가 아닌 다른 것에 의식을 집중하는 행동은 운명의 피해자에서 벗어나기 위한 하나의 방법이다.

이 감각은 '재취업이 되지 않는 한 마음이 편안해질 수 없다.' 며 나를 궁지에 몰아넣을 때와는 분명히 다른 감각이다.

행복한 '현재' 가 행복한 '미래' 를 만든다

이것은 허황된 말에 지나지 않는다, 재취업이 되지 않으면 행복한 미래는 본질적으로 해결되지 않는다고 생각할지도 모른다.

물론 인생의 목적이 '재취업' 에 있으면, 재취업이 되지 않는 한 문제는 본질적으로 해결되지 않는다.

그러나 인생의 행복을 결정하는 요소는 재취업에만 있지 않다.

재취업을 해도 회사가 부도가 날지도 모르고, 정리해고를 당할지도 모르기 때문이다.

인생에 있어서 반드시 재취업이 최종 목표가 될 수는 없다.

행복한 미래를 위해서 재취업보다 확실한 것은 행복한 순간 순간을 쌓아가는 것이다.

미래는 현재의 연장선이라는 말이 있다.

오늘이 행복해야 내일이 행복하다는 의식을 가지면 일상이 행복해지고 나아가 행복한 미래를 실현시킬 수 있다.

'재취업할 수 있을까.' 라는 미래만을 걱정하면 '현재' 가 죽어버린다.

미래의 행복에만 의식을 향하면, 현재는 행복한 미래를 만들기 위한 '대기 기간'이 되어버린다. 즉 현재는 사실상 공백기가 되어버린다는 의미이다. 재취업이 되지 않으면 모든 현재가 '보유'되어 버리는 것이다.

그러나 우리가 무언가를 느끼는 것은 현재뿐이다.

아직 오지 않은 미래를 걱정하면서 암담하게 지낼 것인가. 오늘의 행복을 느끼면서 내일로 나아갈 것인가.

시점을 '미래'에 둘지 '현재'에 둘지는 내가 선택하는 것이다.

물론 불안한 미래는 충격을 받은 사람에게 나타나는 당연한 반응이다.

'미래가 완벽하게 준비되어 있지 않은 한 걱정을 없앨 수 없다.' 이렇게 완벽주의자처럼 생각해버리면 그렇게 할 수 없는 자신을 원망하게 된다.

'지금 이 순간만은 평화로운 마음으로 있자.'고 마음먹으면 그것으로 충분하다. 그러면 그렇게 마음먹을 수 있는 내가 점점 좋아질 것이다.

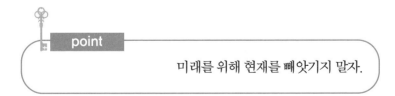

point

미래를 위해 현재를 빼앗기지 말자.

목표가
무엇인지 모를 때

목표가 없을 때에는 어떻게 하면 좋을까

〈 예 11 〉

나는 지금 현재 자발적 실업자이다. 머리로는 일을 해야 한다고 생각하고 있지만, 이전 회사에서 실수를 반복해 반강제적으로 회사를 나왔고, 회사에서 인간관계도 좋지 않아서 다시 직장을 잡기가 두렵다.

미래를 위해서 무엇을 목표로 두어야 할지 모르겠다⋯⋯.

일을 하지 않으면 실수를 저질러서 상처받을 두려움도 없을 테니까 일을 하지 않겠다는 마음가짐도 충격에 대한 반응이라고 이해할 수 있다.

또 하나 '무엇을 목표로 해야 할지 모르겠다.'는 생각도 충격을 받았을 때에 나타나는 전형적인 감각이다.

실제로 많은 사람들이 의외로 '아무생각 없이' 살아간다. 이 것은 결코 나쁜 것이 아니다. 많은 사람들이 일상을 그렇게 보내고 있기 때문이다.

그리고 그렇게 보낸 일상이 '뭐, 어떻게든 되겠지.' 라는 지극히 당연한 감각을 지키고 있는 것도 사실이다. 즉 무언가를 목표로 해야만 한다는 생각이 비일상적인 감각이다.

충격 때문에 '그저 오늘 하루를 보낸다.' 는 일상적인 감각에서 분리되어 버리면 무엇을 목표로 해야 될지 모르겠는 감각이 나오기 쉽다.

평범한 일상을 보내면서 기반을 다지자

즉 되돌려야 할 것은 '평범한 일상을 보내자.' 는 마음가짐이다.

'안정된 수입', '독립할 수 있는 돈' 이라는 목표를 향해서 나아가는 것이 아니라, 일의 내용과는 상관없이 우선 직장에 다니는 것을 목표로 해야 한다. 실수를 해도 매일 직장에 나간다는 기본적인 생활이 현시점의 목표이다.

이것은 '무언가를 목표로 하자.' 는 감각이 아니라 '우선 기반을 다지자.' 는 감각이다. 기반을 다지면서 한걸음 한걸음을 내디디면 '앞으로 나아가는 나' 를 발견하게 되고 점점 자신감을 되찾을 수 있기 때문이다. 그리고 언젠가는 '뭐, 어떻게든 되겠지.' 라는 감각이 되살아나게 된다.

이 감각을 구체적으로 생활에 접목시키면 '미래는 생각하지 않는다.', '오늘 하루를 살아간다.' 는 것이 된다. 그래도 불안하다면 '오전', '오후 6시까지', '지금 하는 것만' 등등으로 평범한 일상을 보내는 시간을 더욱더 세세하게 나눠서 생각해보자.

'목표' 는 만드는 것이 아니라 '희망' 하는 것이다

이렇게 오늘 하루를 평범하게 보내는 것이 가능해지면, '수입을 조금 늘리고 싶다.', '독립하고 싶다.' 는 감각과 함께 희망이 생기게 된다.

이것은 '희망' 이지 '목표' 가 아니라는 점이 포인트이다.

하루하루 속에서 부자유스러움과 불만이 쌓이다 보면 '다음 단계로 나아가자.' 고 생각하기 때문이다.

이것은 인생의 궤도에서 완전히 벗어나 무엇을 목표로 해야할지 몰라 망연자실하고 있을 때와는 완전히 다른 감각이다.

내가 걸어가고 있는 길을 개선하고 싶은 마음에서 세우는 목표와, 처음부터 목적 없이 억지로 세우는 목표는 명백히 다르기 때문이다.

전자는 어디까지나 현실의 연장선상에 있는 것이기 때문에 목표대로 되지 않아도 '뭐, 지금까지 어떻게든 되었으니까 앞으로도 어떻게든 되겠지.' 라는 감각을 되찾을 수가 있다. 그러나 후자는 갑자기 날아든 돌 같은 목표이기 때문에 그것이 이루어지지 않았을 때에는 '이제 끝이다!' 고 절망해버리기 쉽다.

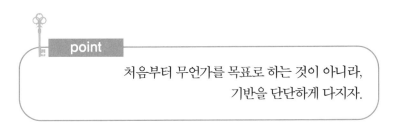

point

처음부터 무언가를 목표로 하는 것이 아니라,
기반을 단단하게 다지자.

4

가족에게 내 시간을
빼앗기는 기분이 든다면

가족의 문제와 어떻게 마주할까

간호나 육아 등 피할 수 없는 가족 문제로 몸과 마음이 지쳐
버렸다면 정말로 '출구가 없는' 느낌이 들 것이다. 그럴 때에는
어떠한 마음으로 있어야 편안해질지 살펴보자.

〈예 12〉
일도 바쁜데 아픈 부모를 간호해야 되어서 내 시간이 전혀
없고, 그로 인해 몸도 마음도 지쳐버렸다.
'이러한 생활이 언제까지 계속될지.', '끝나기는 하는 건
지.', '내 인생은 도대체 왜 이러는지.' 내 괴로움을 아무도
이해해주지 못하는 기분이 되어버렸다.

끝이 보이지 않는 간호를 혼자 책임져야 한다는 압박감은 우

울증으로 이어지기 쉽다.

실제로 '출구가 보이지 않는다.', '나 혼자 책임져야 한다.', '어찔 수 없이 하는 느낌이 든다.' 등 간호에는 마음이 지치게 하는 모든 특징들이 모여 있다.

그리고 그 특징들은 육아에 있어서도 마찬가지이다.

자녀는 커가면서 혼자 할 수 있는 일이 많아지기 때문에 기본적으로 간호처럼 사태가 악화되어 가지는 않는다. 그러나 요즘 흔히 말하는 독박육아의 경우라면 내 시간이 전혀 없고 몸도 마음도 지쳐버리기 쉽다. 그래서 '내 인생은 무엇일까.' 라고 느끼는 점에서는 간호와 육아는 마찬가지이다.

또한 육아도 혼자 해결해야 하는 부분이 많고, 특히 독박육아는 고립된 상황 속에서 출구가 보이지 않을 것이다.

이렇듯 독박육아에도 마음이 지치고 너덜너덜해지는 특징들이 모두 모여 있다고 할 수 있다.

그리고 '이 생활이 언제까지 계속될지.', '끝나기는 하는 건지.', '내 인생은 도대체 무엇인지.' 라는 감각은 지치고 너덜너덜해진 마음의 증상이라고 볼 수 있다.

이러한 감각은 마음이 지치고 너덜너덜해졌다는 것을 보여주는 증거에 지나지 않기 때문에, 그 물음에 일일이 대답하는 것이 아니라 마음이 지친 상태에서 벗어날 방법을 생각해야만 한다.

이러한 감각의 포인트는 '내 시간이 전혀 없다.' 는 점이다.

확실히 일과 간호, 육아에는 시간이 많이 들고, 사실상 그 두 가지 일은 내 시간의 대부분을 차지한다.

물론 생리적으로 확보해야 하는 '나만의 시간'은 온갖 고난을 물리쳐서라도 손에 넣어야만 한다. 공적시설을 사용하거나, 형제나 친척들에게 부탁하거나, 비용이 발생하더라도 사설기관을 이용하거나, 일을 쉬는 등 '나만의 시간'은 반드시 만드는 편이 좋다.

그러나 그것들과는 달리 여기서 주목해야 할 점은 '나만의 시간이 전혀 없다.'는 감각이다. 나만의 시간이 없다는 감각에 대해서도 내가 짐을 더 무겁게 만드는 경향이 있다. 그래서 이러한 감각도 내 생각에 따라 어느 정도는 개선될 가능성이 있다.

'나만의 시간이 없다.'는 감각은 내가 해결하겠다는 마음에서 온다

나만의 시간이 없다는 감각에 '짐을 더 무겁게 만드는 사람'은 두 가지 유형이 있다.

첫 번째는 스스로 '나만의 시간'을 막는 유형이다.

'나만의 시간을 갖겠다.'는 선언은 간호나 육아에 지친 사람들에게 다양한 형태로 나타난다.

그러나 실제로 나만의 시간이 나지 않는 본질적인 이유는 물리적인 측면에 있지 않다. 의무감과 죄책감 또는 '다른 사람에게 맡기지 않겠다는 마음' 때문에 내 시간이 없다는 감각이 나타나는 것이다.

가족을 방치하고 놀러가는 것이 '나쁜 행동'이라고 생각하거나, 일에서 잠시 손을 놓는 것이 '나쁜 행동'이라고 생각하는 구도가 이러하다.

이러한 사람들은 도우미를 고용한 경우라도 '잘하고 있을까.'라며 머리는 항상 집에 가 있는 경우가 많다.

이 마음의 배경에는 '가족을 최우선으로 생각하는 나. 가족을 가장 잘 돌볼 수 있는 사람도 나.'라는 감각이 숨어 있다.

이렇게 내 시간이 없다는 생각에 짐을 더하는 사람은 '간호하다가 같이 쓰러질 수 있다.'는 현실을 인식해야만 한다.

'이 순간'만은 완전히 내 것으로 만들자

두 번째는 '나만의 시간이 전혀 없다.'는 생각으로 자신을 속박하는 유형이다.

이것은 자기의 모든 생활을 '나만의 시간이 전혀 없다.'는 눈으로 보는 시각에서 일어난다.

그러나 어느 상황에서라도 내가 '이 순간'의 주역이 될 수 있다. 즉 '지금 이 순간만은 편하게 있자.' 는 감각은 언제라도 가질 수 있다는 뜻이다.

몸이 많이 아픈 부모는 이런저런 요구사항이 많을지도 모르고, 손이 많이 가는 시기의 자녀를 돌보는 일도 매우 힘들 것이다. 게다가 일도 많을지도 모른다.

그러나 '지금 이 순간' 만은 그것들을 옆으로 잠시 미뤄놓고 완전히 '나만의 시간' 을 만드는 것은 가능하다.

앞에서 이야기했듯이 맛있는 차를 마시는 등 작지만 나를 위해 무언가를 해보자. 그것조차 시간적으로 여유가 없다면, 평소보다 정성껏 간호를 해보자. 평소와 다른 의식을 가져보는 것도 시간의 주역이 되는 하나의 방법이기 때문이다.

그런 시간에는 공기의 질도 다르게 느껴질 것이다.

이렇게 짧은 시간만이라도 내가 그 시간의 주역이 되면 만성적인 '어쩔 수 없이 하는 느낌' 에서 벗어날 수가 있다.

또한 다음 순간에 이런저런 요구를 받고 '어쩔 수 없이 하는 느낌' 으로 되돌아와도 당분간은 견딜 수 있을 것이다.

내가 선택하면 언제라도 이 시간의 주역이 될 수 있다는 사실을 아는 것은 우리에게 큰 힘이 된다. 물리적으로 통제할 수 없는 상황일수록 정신적으로 '이 시간의 주역' 이 되자고 의식하면 큰 효과를 얻을 수 있다.

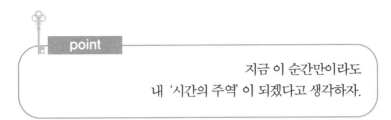

point

지금 이 순간만이라도
내 '시간의 주역'이 되겠다고 생각하자.

뜻밖의 변화를
극복하는 방법

'내 가치가 떨어졌다.'고 느껴질 때

마음이 지치고 너덜너덜해졌다고 느끼기 쉬운 순간 중에 하나가, 큰 변화가 찾아왔을 때이다.

〈예 13〉
근무하고 있던 회사에서 실적 악화 등의 이유로 정리해고를 당했다. 열심히 일했지만 너무 화가 난다. 재취업도 되지 않고, 결혼을 약속한 여자친구에게서도 헤어지자는 이별 통보를 받았다.

정리해고를 당했다는 것은, 그 자체가 충격인 동시에 인생에 있어서도 틀림없이 큰 변화 중의 하나이다.

또한 '나의 가치가 떨어졌다고.' 느끼기 쉬운 성질의 변화이다. 그리고 이러한 성질의 변화는 확실히 극복하기가 힘들다. 정리해고는 틀림없이 극복하기 힘든 성질을 가진 변화라고 말할 수 있다.

변화를 긍정적으로 받아들일 수 없을 때에는 '왜?'라며 현실을 부정하고 싶을 것이다.

물론 회사 측에 물어보면 실적 악화 등 '왜?'라는 물음에 대답을 해주겠지만, 그 대답을 듣는다고 해서 현실이 인정되는 것도 아니다. 여기서 생겨나는 왜라는 질문은 물리적인 질문이 아니라 감정적인 질문이기 때문이다. '이렇게 열심히 일했는데 왜 내가 해고되어야 하지?'라는 감정적인 질문이다.

그러나 이렇게 감정적으로 생각해버리면 시계는 거기서 멈춰버린다.

물리적인 시간은 경과해도 마음의 시간은 멈춰버리기 때문에 새로운 방향으로 나아가지 못한다.

이 경우에는 대부분 '(변화 후의) 현재의 생활이 잘 돌아가지 않는다.'고 생각되기 쉽다. 마음이 과거 즉 변화의 시점에 머물러 있으니까 현재 생활에 적응을 하지 못하는 것도 당연하다.

실제로 과거의 변화가 해결되지 않아서 현재의 생활이 어려워졌다는 사실을 인식하지 못하는 사람들도 많이 있다.

이처럼 현재의 스트레스를 잘 검토해보면, 아직 과거의 변화에서 벗어나지 못했다는 사실을 알 수 있을 것이다.

하나의 문제에는 항상 다수의 측면이 있다

변화할 때에는 가까운 사람과의 관계도 틀어지기 쉽다.

변화에 적응할 때에는 아무래도 여유가 없어진다. 그렇기 때문에 가까운 사람들이 변화를 이해해주지 않으면 관계는 틀어져버린다.

변화에 적응하기도 힘이 들 텐데 여자친구에게까지 버림받았다니 과연 '엎친 데 덮친 격'이라고 말할 수 있다.

그러나 사실은 '변화의 적응'과 '여자친구와의 이별'에는 상당한 관계가 있을 가능성이 높다. 그렇기 때문에 이 상황을 잘 살펴볼 필요가 있다.

여자친구의 불만이 이전부터 쌓인 경우라면 정리해고는 단순히 이별의 계기에 지나지 않을지도 모른다.

그러나 최근의 상황만을 놓고 이별 이야기가 나왔다면 아직 되돌릴 가능성은 있다.

정리해고 때문에 완전히 자신감을 잃고, 앞으로 무엇을 해야 될지 모르는 남자를 '버릴' 여자는 많지 않다.

그러나 남자 입장에서 보면 '정리해고된' 분노와 무력감에 눈이 가기 쉽지만, 여자 입장에서 보면 그러한 남자는 '마음이 통하지 않는다.'고 생각되기가 쉽다.

여자는 그래서 이별을 선택했을 것이다.

여자는 정리해고된 남자를 걱정해주면서 결혼에 대해서 불안해하고 있는데, 남자는 자신의 문제에만 집중할 뿐 여러 가지 생각을 품고 있는 여자를 모르는 척하기 때문이다.

남자 입장에서 보면 '이별 통보'의 원인은 정리해고라고 생각될지도 모르지만, 여자 입장에서 보면 정리해고가 문제가 아니라 그것에 따른 남자의 태도가 문제일 것이다. 그리고 그 태도가 이별을 결정하는 주요 원인이 되었을 것이다.

비상사태는 관계를 개선하는 기회이다

이렇듯 어떤 변화를 계기로 친한 사람과의 관계가 악화되는 구조는, 관계가 개선되는 경우에도 마찬가지이다.

애초에 상대방의 독선이 불만이었던 경우라면 '역시 이 사람은 그것밖에 안 되는 사람'이라고 낮게 평가하게 된다.

반대로 비상사태를 대처하는 모습을 보고 인간성을 다시 보는 일도 일어난다.

'지금 정리해고를 당했지만 오히려 내 인생의 좋은 기회라고 생각해. 앞으로 재취업을 위해서 이렇게 해보려고. 여러 가지 걱정을 끼쳐서 미안하지만, 응원해주면 고맙겠어. 앞으로도 같이 잘 헤쳐 나가자.'

정리해고를 당한 당사자가 이렇게 명확하게 말해주면 '독선적인 사람인 줄 알았는데, 위험에 직면하니까 오히려 나를 걱정해주네.' 라며 상대방은 안심할지도 모른다.

변화가 '엎친 데 덮친 격'으로 보일 때에는 그것들 사이에
관련성은 없는지 다시 살펴봐야 한다. 그러면 길이 열릴 가능성
이 높아진다.

내가 변화를 경험하고 있는 동안에는 나와 가까운 사람도
'똑같은 변화'에 직면하고 있기 때문이다.

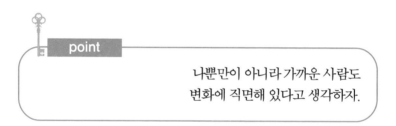

point

나뿐만이 아니라 가까운 사람도
변화에 직면해 있다고 생각하자.

6. 변명이
인생을 앞으로 나아가게 한다

'변명'이 나쁘다는 것은 미신이다

변화에 적응하기 위해서는 변화에 따른 감정을 끝까지 느껴보아야 한다.

나에게 큰 변화가 일어난 경우에는 '왜?'라는 놀라움과 분노가 생길 것이다.

지금까지 열심히 해왔는데 인정받지 못했다는 생각은 너무나도 충격적인 놀라움과 분노를 자아낸다.

지금까지 내가 한 노력이 부정당했다는 느낌이 들기 때문이다.

그러나 부정적인 감정은 '변화에 적응하지 못하면 앞으로 나아가지 못한다.', '변명하지 말고 다음 일을 찾아라.'는 생각 속에서 놀라울 정도로 커져버린다.

나는 부정적인 감정을 놓아버리려고 해도 주변에서 변명하지마라며 앞으로 나아가는 것을 강요할 때도 있을 것이다. 그리고 그럴 때에는 그 감정에 쉽게 봉인되어 버리기도 한다.

언제까지나 변명을 늘어놓고 있으면 새로운 일에 적응하지 못한다고 생각하기 쉽기 때문이다.

그러나 이것은 완벽한 '미신'이다.

변명은 인생을 앞으로 나아가게 만들기 때문이다.

내가 무엇을 잃었는지 생각하는 것도 중요하다

변명에는 두 가지 효과가 있다.

하나는 변화를 받아들이는 효과이다.

변화할 때의 감정은 앞으로 나아가기 위한 길잡이와 같다.

변화할 때에는 반드시 무언가의 상실이 있다. 2장에서 말했듯이 무언가 잃었을 때에는 '슬픔의 과정'을 밟아나아가야 한다.

슬픔의 과정은 꼭 슬픔뿐만이 아니라, 후회와 분노처럼 모든 부정적인 감정을 밟아가는 과정이다. 이렇듯 상실을 받아들이고 앞으로 나아가기 위해서는 '감정을 끝까지 느끼는 것'이 매우 중요하다.

무언가를 잃었을 때에는 무언가 '만' 잃은 것이 아니다.

그것에 동반된 많은 것도(당연하다고 기대한 미래나 그 위치에서 얻은 인간관계 등) 동시에 잃게 된다.

그러한 '부속의 상실'이 오히려 더 큰 상실감을 가져다주는 경우도 많이 있다. 그래서 감정을 신중하게 끝까지 느껴가는 것은, 역시 나에게 신중한 치료가 된다.

감정을 머릿속으로 느껴가는 것도 가능하지만, 머릿속으로만 느끼면 아무래도 절제되기가 쉽다.

충격 속에서 '부족한 모습' 찾기가 시작되어 버리면 '이런 식으로 느끼는 나는 나약한 존재이다.', '상대방에게 악의가 있을 리가 없고, 그것에 대해서 분노를 느끼는 내가 오히려 소심한 사람이다.', '이렇게 감정적으로 나오는 것 자체가 어리석다는 증거이다.' 등등 부정적인 감정을 느끼는 자신을 용서하지 않을 경우도 많이 있기 때문이다.

누군가에게 털어놓으며 절제된 감정에서 벗어나자

누군가에게 이야기하면 절제된 감정에서 벗어날 수가 있다.

'열심히 했는데 정말 너무하네.', '인재를 몰라보는 회사네.', '그런 상황에서는 당연히 화가 나지.' 이렇게 내 감정을 존중해주는 이야기를 들으면 안심하고 슬픔의 과정을 밟아나갈 수가 있다.

그리고 그 과정 속에서 점점 앞으로 나아가야겠다는 생각을 할 수 있게 된다. 이것은 감정의 문을 닫고 '앞으로 나아가야만 한다.'고 생각할 때와는 전혀 다른 감각이다. '매진'이 아니라 '노력'으로 이어지기 때문이다.

변명하지 말라며 압력을 주는 사람이 있다면, 변화를 극복하기 위해서는 누군가와 마음을 터놓고 이야기해야 한다는 사실을 알려주자.

주변 사람은 불안한 마음에 변명하지 말라고 말하는 경우가 많이 있다. 그러나 나는 변화를 극복하기 위해서 일부러 변명을 하고 있는 거라고 말해주자. 그러면 상대방도 내 이야기를 잘 들어줄 것이다.

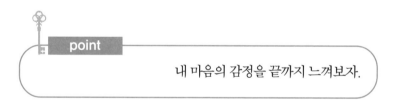

point

내 마음의 감정을 끝까지 느껴보자.

7 감정을 말하면
관계가 좋아진다

누군가가 응원해주고 있다는 감각이 중요하다

변명의 두 번째 효과는 누군가가 응원해주고 있다는 감각을 가질 수 있다는 것이다.

커다란 변화를 극복할 때에는 누군가가 해주는 응원이 정말 도움이 된다.

내가 일시적으로 길을 잃었을 때에, 나를 응원해주는 사람은 안정적인 대지를 제공해주는 것과 같다.

그것은 '이 사람이 응원해주니까 다행이다.' 는 감각에 머무르지 않고, '이렇게 응원해주는 사람이 있으니까 나는 잘할 수 있다.' 는 감각으로 이어지기 때문이다.

또한 변화할 때에는 물리적으로 다양한 지원을 받을 필요가 있다. 그래서 내 사정을 잘 알고 있는 상대방에게 도움의 손을 내미는 것도 중요하다. 상대방은 상대방대로 지원을 예상하기 때문이다.

변명을 늘어놓는 것을 꺼려하며 상대방에게 아무 말도 하지 않고 있으면, 그 관계가 크게 틀어져버릴지도 모른다.

어떠한 변화에 있어서도 변명의 효과는 같지만, 특히 정리해고를 당했을 때에는 구태여 '변명'을 의식해야 한다.

정리해고를 '수치'라고 여기며 자신의 마음을 숨기는 사람은 의외로 많이 있다.

'남자는 자신의 일을 다른 사람에게 말하지 않아야 한다.'는 생각으로 속마음을 가슴에 담아두고, 누구에게 이야기하는 대신에 술에 의존하는 사람도 있다. 그런 모습을 보고 오히려 '나약함'을 느끼는 여자는 많고, 알코올 의존은 더 많은 문제를 가져온다.

용기를 가지고 상대방에게 내 마음을 이야기 해보자

조금 용기를 내서 가슴속에 담긴 말을 하면 사태가 훨씬 좋아지고, 나아가 나를 응원해주는 사람과의 관계도 좋아진다.

'내 마음은 나와 같은 경험을 한 사람만이 안다.'고 생각할지도 모른다. 물론 그 말도 틀린 말은 아니다.

그러나 그동안 열심히 해왔는데 갑자기 배신당했고 그 후에 모든 일이 다 어긋나버려서 앞날이 전혀 보이지 않는다. 이러한 충격적인 변화에 직면하면 사람의 마음속에서 일어나는 반응은 모두 똑같다. 그래서 누구나 내 이야기를 공감하며 들어줄 수가 있다.

내 마음을 솔직하게 털어놓은 말에 힘들겠다며 공감해주는 애인이나 배우자는 의외로 많이 있다.

그래도 공감해주지 않는다면, 인생의 파트너로서 관계가 개선될지 개선되지 않을지 잘 검토해볼 필요가 있을 것이다.

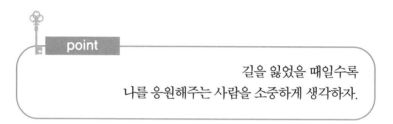

point

길을 잃었을 때일수록
나를 응원해주는 사람을 소중하게 생각하자.

5장

'본래의 내 모습'을
되찾는 방법

나를 하찮게 여기지 않는 사고법과 삶의 방법

1

'NO' 라고 말할 수 있는
내가 되고 싶다면

'NO' 라고 말하지 못하는 것은 당연하다

직장 사람들에게 휘둘려서 마음이 지치고 너덜너덜해진 사람 중에는 '피해자 패턴' 에 빠져 있는 경우가 많이 있다.

〈 예 14 〉
동료나 선배는 항상 나에게 급한 일을 부탁한다. 어쩔 수 없이 내 일을 중단하면서까지 그 일을 맡기는 하지만, 내 일에 너무 많은 지장이 생긴다.
다른 사람들에게 이용만 당하는 나를 바꾸고 싶다…….

예 14에 나오는 동료나 선배는 확실히 난처한 사람들이다. 이런 사람들에게 휘둘리면 마음은 금세 지치고 너덜너덜해져버린다.

168

그리고 여기서 나오는 '이용당하고 있다.'는 생각은 피해자 감각에서 비롯된다.

난처한 상황을 바꿀 수 없을 때에는 앞에서 이야기했듯이 '무엇을 기대하며 현재 상태에 머물러 있는지' 스스로에게 물어봐야 한다.

이 경우, 그 물음에 대답은 이러할 것이다.

'상대방이 부탁을 거절하지 못해도 스스로 자신의 행동은 부적절하다고 반성해야 한다. 그리고 일하는 방식을 바꿔서 다른 사람에게 귀찮은 일을 떠넘기지 말아야 한다.'

그러나 이것은 물론 당장 실현되기 어려운 대답이다.

또한 항상 급한 일을 받아주는 사람은 상대방에게 '아무리 바빠도 싫은 내색 없이 일을 맡아주는 사람'이라는 인식을 심어준다. 그래서 현재 상태는 어쩔 수 없이 지속될지도 모른다.

'아무리 바빠도 급한 일을 맡아준다.'는 인식이 상대방에게 생겼다는 것은 '나는 아무리 바빠도 싫은 내색 없이 일을 맡아주는 사람'이라는 증거이기도 하다.

물론 내 행동 자체에 문제가 있지는 않지만, 실제로는 내 일이 늦어지는 피해가 반복된다면 틀림없이 '피해자'가 된다.

'이용당하고 있다.'는 감각도 피해자의식이다.

당연히 피해자의식은 마음을 지치게 만든다. 그래서 그 행동을 바꿀 필요가 있다.

'거절' 이 아니라 '내 사정을 알리자.'

이러한 행동은 자주 '거절할 수 없다.', 'NO라고 말할 수 없다.' 는 식으로 문제시 된다.

일반적으로 이럴 때에는 거절하고, NO라고 말하는 사람이 유능한 것처럼 보이지만, 사실은 그렇지 않다.

단호하게 거절하는 사람, 단호하게 NO라고 말하는 사람은 역시 사회에 적응하지 못하고 있는 경우가 많기 때문이다.

상대방과 친밀한 관계일수록 거절하지 못하고 NO라고 말하지 못하는 것은 당연한 반응이다.

'거절' 과 'NO' 는 상대방과의 관계를 끊는 개념이기 때문이다.

누군가에게 거절당하거나 NO라는 말을 들으면 대부분의 사람들은 불쾌감을 느낀다.

그렇다고 해서 '내가 더 참자.', '내가 조금만 희생하자.', '내가 더 노력하자.' 는 모드에 들어가 버리면 문제가 발생한다.

왜 거절하면 문제가 생기고, 거절하지 못하면 피해자가 되는 '출구가 없는' 구조로 자신을 몰아넣는 걸까.

그것은 '거절하지 못하는 나', 'NO라고 말하지 못하는 나' 에게 문제가 있다고 보고 있기 때문이다.

무언가 부탁을 받은 후, 그 부탁을 받아들여야 할지 거절해야 할지 생각하는 구조자체가 이미 피해자의식의 시작이라고 말할 수 있다.

피해자의식에서 벗어나는 방법

처음부터 피해자의식으로 문제를 봐버리면 피해자라는 감각만 생겨버린다. 그래서 '출구가 없다.'고 생각하는 것도 당연한 반응이다.

그러면 어떻게 생각해야 할까.

일을 끝낼 수 없다는 것은 어디까지나 상대방의 사정이다.

그리고 나에게도 사정이 있다.

내 사정을 생각하면 상대방의 부탁을 들어줄 수는 없지만, 적어도 상대방의 사정을 공감해줄 수는 있다.

구체적으로 말하면, 상대방의 사정을 듣고 '그래? 힘들겠네. 그런데 나도 일이 바빠서.'라고 말하면 내 사정도 말하고 상대방에 대한 배려도 전할 수 있다.

즉 이것은 '거절'하고, 'NO'라고 말하는 것이 아니라 '(나에게도 사정이 있어서 물리적으로는 도와줄 수 없지만) 할 수만 있다면 도와주고 싶다.'는 마음을 전하는 것이다.

여기에 '피해자'는 아무도 없다.

이러한 식으로 친절하게 말하면 기본적으로 난처한 일은 생기지 않을 것이다.

물론 상대방은 잠시 패닉 상태에 빠질지도 모르기 때문에 부정적인 반응은 예상해야만 한다. 그래도 그 반응은 패닉이 된 순간의 문제이지 어디까지나 오랜 시간 지속되는 성질이 아니다.

이 정도의 일을 마음에 담아두는 사람이라면 꽤 '어려운 사정'을 품고 있는 사람일 가능성이 높다.

그러한 사람에 대해서는 기분을 맞춰주기 보다는 적당히 거리를 두는 편이 좋다.

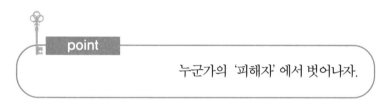

point

누군가의 '피해자'에서 벗어나자.

2 왜 나보다
다른 사람을 먼저 생각하는 걸까

다른 사람의 사정을 우선으로 생각하는 심리란

그렇게 보면 상대방이 무언가를 부탁할 때에 내 사정을 전하는 형태로 대응한다는 것은 어떠한 문제도 없는 지극히 상식적인 이야기이다.

앞에서 소개한 방법도 많은 사람들이 어렵지 않게 실천할 수 있다.

만약 그렇게 이야기하기가 어렵다면 단순히 '미안해. 정말 도와주고 싶지만 나도 여유가 없어서.' 라는 식으로 조금은 겸허하게 말하면 좋을 것이다.

전하고 싶은 내용 즉 '여유가 있으면 도와주고 싶다.' 는 내용은 바꾸지 말고 '겸허한' 마음을 담아 내 사정을 말하면 좋다.

이 경우에는 자신의 성격에 맞춰서 행동하면 된다.

하지만 왜 많은 사람들이 이렇게 간단한 말을 하지 못하는 걸까?

그 이유는 이 말을 모두 '거절', 'NO'라는 틀로 보고 있기 때문이다.

그리고 내 사정보다 다른 사람의 사정을 우선시 여기는 사람들도 많이 있다.

'매진' 하는 사람은 자기긍정도가 낮다

다른 사람에게 피해 주지 말고 내가 참자고 생각하는 사람은 의외로 많이 있다.

이것도 '매진'의 한 종류이다. 무엇을 견뎌내는 데에 매진하고 있는 것이다. 그리고 이 매진이 두드러지면 '나의 희망은 다른 사람의 희망보다 보잘것없다.'는 감각이 생겨버린다.

이것은 낮은 자기긍정의 반영이다.

나의 가치가 다른 사람의 가치보다 낮다고 느끼기 때문이다.

이런 감각에 쉽게 빠지는 이유는, 대부분의 경우가 비판이나 과도한 관섭을 받으면서 자라온 배경이 있다.

비판과 관섭은 '있는 그대로의 나'를 부정하는 것과 같다.

'있는 그대로의 너는 안 돼.'라는 메시지를 받으면 당연히 자기긍정도는 내려간다.

그렇기 때문에 하고 싶은 일이 있어도 그러한 희망을 갖는 것 자체를 하찮다고 생각해버리고, 다른 사람에게 나의 희망을 말하지 않게 된다.

무엇이 하고 싶다는 자신의 '있는 그대로'를 긍정할 수 없기 때문이다.

자신이 가지고 있는 희망을 하찮다고 여기며 무언가를 견디는 현상이 두드러지면 '자기긍정도가 낮아졌다.'고 인식해야 한다. 내 희망이 하찮다고 생각하지는 않지만, 무언가를 견디는 것에 '매진'하는 행동도 '자기긍정이 부족한' 사람들의 특성이다.

'매진'에는 '충분히 노력하지 않으면 인정받지 못한다.'는 감각이 숨어 있기 때문이다.

이 감각은 있는 그대로의 나를 긍정할 수 없다는 '낮은 자기긍정'에서 태어난다.

그렇기 때문에 '매진'하지 않는 자세는 자기긍정도를 높이는 일로도 이어진다.

'아무리 노력해도 부족감을 느끼는 마음'에서 벗어나 '나는 충분히 노력하고 있다'고 생각하는 것이 자기긍정이다.

충분히 노력하고 있다는 생각을 쌓다 보면 자기긍정은 올라갈 것이다.

여기서 말하고 싶은 것은 어떠한 '형태'로 '상대방에게 떠넘기는 것'과는 다르다.

피해자의식에서가 아니라, 나도 모르게 상대방의 일을 떠맡

는 경우도 있을 것이다. 그런 경우에는 물론 자기긍정의 문제가
아니다.

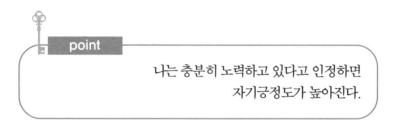

point

나는 충분히 노력하고 있다고 인정하면
자기긍정도가 높아진다.

'평가받는 대상'에서
'느끼는 주체'가 되자

다른 사람의 평가를 신경 쓰지 않는 마음

왜 우리는 자신을 소중하게 여기지 못하는 것일까.

그 이유는 '다른 사람의 눈'을 신경 쓰고 있기 때문일 것이다.

'배려가 부족하다.', '인내가 부족하다.'고 보이는 것이 두렵기 때문이다.

실제로 우리는 다른 사람의 평가를 두려워하면서 살고 있다.

그러나 그것은 어쩔 수 없는 일일지도 모른다. 우리는 대부분이 어렸을 때부터 다른 사람의 평가를 신경 쓰면서 자라왔기 때문이다.

'배려가 부족하다.', '인내가 부족하다.'고 직접적으로 다른 사람에게 평가받는 경우도 많지만, '이렇게 행동하면 사람들이 어떻게 생각할까.'라는 형태로 내가 다른 사람의 평가를 의식하는 경우도 적지 않다.

　물론 이것은 악의가 아니라 선의의 행동에 대해서도 마찬가지이다. 의도가 어찌 되었든 자신을 '느끼는 주체'가 아닌 '평가받는 대상'으로 의식하며 자라왔기 때문이다.

　그리고 '매진'은 물론 이것과 관련이 있다.

　'아무리 노력해도 부족감을 느끼는 마음'이란 '평가받는 대상'이 느끼는 감각이다.

　느끼는 주체가 되면 노력하는 즐거움과 성취감을 느낄 수가 있고 '충분히 노력했다.'고 생각할 수가 있다.

'칭찬'에 따라서도 달라진다

　'부족한 모습'을 지적받으면서 자라온 사람들은 의외로 많이 있다.

　이 배경에는 '사람은 부족한 모습을 지적받지 않으면 성장하지 못한다.'는 미신이 숨어 있다.

　실제로 '부족한 모습'을 지적받으면 얻어지는 것은 '매진' 밖에 없다.

　그러나 내 힘을 자유롭게 발휘하기 위해서는 그 미신을 버려야 한다.

　물론 최근에는 '칭찬의 힘'이 주목받고 있지만, 간혹 그 '칭찬'은 '매진'을 만들어버리기도 한다.

'평가받는 대상'으로 칭찬을 받으면 결국 '매진'할 수밖에 없기 때문이다.

이를테면 '좋은 결과'만을 칭찬받으면 '다음에도 칭찬받도록 더 열심히 해야지.', '쉬지 말고 노력해야겠다.'고 느끼기 쉽다.

이것은 사람을 칭찬하는 것이 아니라 '좋은 결과'를 평가하는 것에 지나지 않기 때문이다.

판단기준을 '나의 감각'에 두자

같은 칭찬이라도 '열심히 하네. 그만큼 노력했으니까 좋은 결과가 나올 거야.'라고 칭찬해주면 결과는 2차적인 문제에 지나지 않는다.

그리고 나의 노력이 존중받고 있다는 사실을 알기 때문에 '결과가 어떻든 노력한 모습을 보여줬다. 나는 이걸로 충분하다.'고 생각하게 된다.

이렇게 '느끼는 주체'가 되면 나의 길을 만들어갈 수 있다.

주변 사람들에게 '부족한 모습'을 지적받으면서 자란 사람들은 판단 기준을 '자신의 느낌'이 아니라 '주변의 시선'에 두는 특징이 있다.

그런 사람들은 자신의 느낌보다도 '주변 사람들이 봤을 때 부족한 모습이 있는 건 아닐까.' 라는 시선을 우선순위에 둔다.

그렇기 때문에 다른 사람이 부당한 요구를 해올 때에도 '그 요구를 받아들이면 내가 지쳐버릴 거야.' 는 감각보다도 '그 요구를 거절하면 냉정한 사람이라고 생각될 거야.', '그 요구를 거절하면 나를 싫어할지도 몰라.' 라며 다른 사람의 평가를 신경 써버리는 것이다.

물론 이러한 생각은 '매진' 으로 이어지고, 결국 마음은 지치고 너덜너덜해질 것이다.

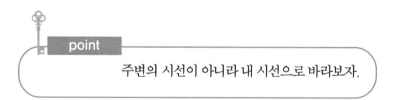

point

주변의 시선이 아니라 내 시선으로 바라보자.

4 '보상받지 못했다', '평가받지 못했다'고 느낄 때에는

'직장'의 한계에 휘둘리지 않도록 주의하자

다른 사람이 내리는 평가에 휘둘려버리면 내 가치가 내려가는 느낌을 얻기 쉽다.

〈 예 15 〉

영업 과장으로 승진, 열심히 노력해서 대규모 계약을 성사시켰고 사장도 기뻐했다. 그러나 그 계약 때문에 야근이 많이 늘어난 건데, 사장은 야근수당을 많이 받아간다고 싫은 소리를 한다……. 열심히 일하고 있는데 그에 따른 보상은 하나도 없다. 영업직이라는 일의 특성상 다른 사람에게 일을 맡길 수도 없고, 의욕이 전혀 나지를 않는다.

이 사람도 역시 '피해자'이다.

회사에 명백한 공로를 세웠는데 사장은 마치 '은혜를 원수로 갚고 있는' 격이다. 이러한 상황에서는 치사한 회사라며 분노가 지밀 것이다.

내가 보상받을지 보상받지 못할지를 회사에 맡겨버리면 이러한 피해자의식이 일어난다. 물론 회사가 나의 공로에 보답해주는 것이 가장 이상적이다. 야근수당도 당연한 보수로 인정받아야 하고, 야근을 할 정도로 열심히 한다는 점을 평가받아야 한다.

그러나 예 15처럼 회사라는 조직 안에서는 부당한 일이 종종 일어나고는 한다.

3장에서 다루었듯이 회사라는 조직에도 '한계' 가 있다.

이 '한계' 는 회사에 있어서 다양할 것이다. 흔히 말하는 '블랙기업' 에는 '한계' 가 상당히 많다고 생각할 수가 있다.

회사가 제대로 평가해주지 않고, 내 노력도 보상해주지 않는 부당함에 휘둘려버리면 마음이 지치고 너덜너덜해져버린다.

보상받지 못한 '피해자의식' 을 버려라

우선은 물리적인 보수와 정신적인 보수를 나누어서 생각해보자.

물리적으로 정당한 보수는 필요하다. 야근수당도 지급되지 않는 회사를 계속 다녀야 할지 생각해볼 필요가 있다.

'직장에서 인정해주지 않아도 상관없는 나'라는 것은 그저 일만 하면 그만이라는 뜻이 아니다.

그러나 예 15에서는 야근수당은 지급되고 있다. 그렇기 때문에 문제는 오히려 정신적으로 보상받지 못했다는 데에 있다.

보상받을 줄 알았던 노력이 보상받지 못했다, 야근수당으로 싫은 소리를 들었다는 것은 충격적인 사실이기 때문에 충격에 대한 반응이 일어나는 것은 당연하다.

이 회사에 취직한 것, 사장에게 칭찬받으면서 큰 계약을 성사시킨 일 등 내가 해온 모든 것들이 잘못된 느낌조차 들 것이다. 의욕이 없어지는 것도 당연하다.

그러나 의욕이 없어지는 현상도 단순히 충격에 대한 반응에 지나지 않는다. 그것도 아주 강한 충격을 받은 것이다.

충격을 받았다는 사실을 인지했다면, 다음은 치유의 과정으로 들어가면 된다. 이 치유의 과정은 큰 의미로 '피해자'에서 벗어나라는 뜻이다.

나의 가치는 내가 결정하는 것이다

나의 가치를 다른 사람이 결정할 수는 없고, 나를 인정하는 힘은 다른 사람에게 맡길 수 없다.

184

우리는 모두 매우 가치 있는 존재이다.

본래 '부족한 모습'이 없는데도 '부족한 모습'만을 보면서 자라왔기 때문에 다른 사람의 평가를 신경 쓸 수밖에 없게 되었다는 것은 앞에서도 이야기했다.

이것은 나의 가치를 다른 사람에게 맡기겠다는 위임장에 서명하는 것과 같다.

그러나 나의 사정을 잘 알고 있는 사람은 나뿐이다. 내가 얼마나 노력하고 있는지를 잘 아는 사람도 나뿐이다.

내 노력을 인정해줄 사람은 나밖에 없다. 이 사실을 꼭 기억해두길 바란다.

게다가 상대방의 입장에서 보면, 그 사장은 갑자기 늘어난 야근수당을 보고 충격을 받아서 갑자기 감정적으로 되어버렸다는 사실도 생각할 수 있다.

부정적인 반응은 위험에 처한 상황이라는 증거이다. 현재 회사 측의 반응은 일시적일 가능성도 있다.

물론 직원을 소중하게 생각하지 않는 회사일 가능성도 있다. 그럴 때에는 이직을 포함해 여러 가지 방법을 생각해봐야 하지만, 갑자기 조건 좋은 회사를 찾기란 여간 힘든 일이 아니다.

나의 가치를 몰라줄 때마다 회사를 바꾸려고 하면 오히려 문제가 더 커질지도 모른다.

어떠한 환경에서도 나의 가치는 내가 가장 잘 안다는 자세를 몸에 지니면, 사회정세에 좌우되지 않고 충실하게 살아가는 힘이 나온다.

나의 가치를 결정하는 사람은 나 자신이다. 이 사실을 잊지 말자. 인생의 최종적인 질은 어느 한순간에 완성되는 것이 아니라 순간 순간들이 모여서 만들어진다.

4장에서도 이야기했듯이, 지금 이 순간을 즐기자는 감각은 일에 있어서도 중요하다.

직장에서 정당한 보상을 받지 못했다고 해서 현재를 무의미하게 보낼 것인지, 언젠가 좋은 직장으로 이직할 생각으로 지금을 충실하게 보낼 것인지는 내가 선택할 수 있다.

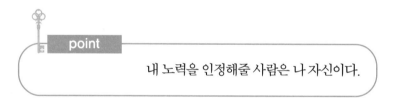

point

내 노력을 인정해줄 사람은 나 자신이다.

5 업무 압박에서
벗어나는 방법

내가 압박을 주고 있지는 않은가

열심히 일하고 있는 사람에게는 일의 압박과의 관계도 매우 중요하다. 그리고 압박을 받으며 일에 '매진' 하는 자세는 자신을 궁지에 몰아넣을지도 모른다.

〈예 16〉
나는 영업 일로 매우 바쁜 나날을 보내고 있다. 게다가 문제도 계속해서 일어나고 있다. 잘못된 정보로 고객에게 손해를 끼쳤고, 제대로 대응하지 못해 고객을 더욱더 화나게 만들었다. 이렇게 가다가는 이번 달 평균도 달성하지 못할 것이다.
일의 압박에서 벗어날 수가 없다.

영업은 정말 스트레스이다. 전체적으로 여유가 없고, 문제와 고객 대응에 따른 충격도 상당하다.

게다가 '고객에게 손해를 끼칠지도 모른다.', '평균을 달성하지 못할지도 모른다.'며 자신에게 '아직 일어나지도 않는 실수'를 계속해서 주입하면 그 두려움과 스트레스 때문에 더욱더 힘들어질 것이다. 이러한 사람은 가까운 미래에 지쳐 쓰러질지도 모른다.

가장 좋은 방법은 조금 더 조건이 좋은 직장으로 이직하는 것이지만, 그렇게 할 수 없다면 '내가 만들어내는 압박'만은 통제해야 한다.

즉 '만약 이렇게 되지 않으면 어쩌지.'라는 두려움에서 벗어나야 한다.

미래에 대한 두려움에서 벗어나는 방법

머리로는 미래에 대한 두려움에서 벗어나야 한다고 생각하지만, 실제로 그 두려움에서 벗어나기란 매우 힘이 든다.

이럴 때에도 방법은 있다.

그것은 '눈앞의 일에 집중하는 것'이다. 지금 당장 해야 할 작업에 최선을 다한다는 방법이다.

'만약 이렇게 되지 않으면 어쩌지.'라며 결과가 걱정되거나,

다른 일이 신경 쓰인다면 심호흡을 크게 한번 하고 눈앞의 일에 집중하는 것이다.

이것은 명상처럼 그 방법을 알면 마음이 확실히 편안해지는 것을 느낄 수가 있다.

사람을 상대할 때에는 그 상대방만을 생각해보자.

'나를 어떻게 생각할까.'라는 두려움이 나오면, 그 두려움을 잠시 옆에 미뤄놓고 상대방에게 다시 집중하자.

고객이 클레임을 걸어오면 3장에서 이야기했듯이 '위험한 상황에 처한 사람'이라고 생각하자. '저 고객은 지금 위험에 처해 있다. 내가 안심시켜줄 수 있는 방법을 생각해보자.'라는 식으로 생각할 수가 있다.

어쨌든 나를 일절 생각하지 말고 상대방에게 집중해보자.

이렇게 눈앞의 일에 집중하면, 미래의 두려움에서 벗어날 수 있게 된다.

그렇게 해서 마음의 여유가 생기면 '만약 이렇게 되지 않으면 어쩌지.'라는 두려움에 사로잡혀 있을 때와는 분명히 다른 마음 상태가 된다.

'만약 이렇게 되지 않으면 어쩌지.'라는 것은 '부족한 모습' 찾기의 전형적인 예이다. 현재에 집중하면 그런 두려움이 들어올 틈이 없어진다.

또한 현재에 집중하면 일도 잘 처리되기 때문에 두 마리 토끼를 잡을 수가 있다.

point

눈앞의 일에 집중하자.

어쨌든 눈앞의 일에 집중해보자.

불안

탁탁탁탁탁

데굴데굴데굴

'무엇을 할지'가 아니라
'어떻게 있을지'가 중요하다

완벽주의란 '흐트러진 마음'의 현상이다

사실 이 책에 쓰인 내용은 완벽주의에서 벗어나는 방법에 대한 것이다.

'만약 이렇게 되지 않으면 어쩌지.'와 '부족한 모습'을 찾는 자세는 완벽을 추구하는 마음이라고 말할 수 있다.

그렇게 생각하면, 완벽하게 일을 처리하려고 생각할수록 마음이 지치고 너덜너덜해지는 것은 당연한 반응일지도 모른다.

그러나 완벽을 추구하는 사람에게 '적당히 해.'라고 말해도 그들은 그 말을 받아들이지 않는다.

완벽을 추구하는 사람들은 '적당히'라는 말을 그다지 좋아하지 않기 때문이다.

완벽주의자들은 '만약 이렇게 되지 않으면 어쩌지.'라는 생각에서 벗어나자는 말이 아니라, 눈앞의 일에 집중하자는 말을 훨씬 더 쉽게 받아들일 것이다.

결과를 걱정하고 불안에 휩싸인 완벽주의란, 사실은 '마음이 흐트러진' 상태이다.

'To Do List' 가 아니라 'To Be List' 를 의식하자

'매진' 하고 있는 사람은 'To Do List' 즉 '무엇을 할지' 에만 주목한다.

자신을 '평가받고 있는 사람' 이라고 생각하면 물론 '무엇을 할지' 가 중요해질 것이다.

그러나 잘 생각해보면 이것은 자신을 하찮게 생각하는 자세이다.

어떤 성과를 내야만 평가받을 수 있다는 생각은 나의 가치를 인정하지 않는다는 자세와 같다.

우리에게는 무엇과도 바꿀 수 없는 가치가 있다. 그리고 그 가치는 '무엇을 할지' 에 따라서 평가받는 성질이 아니다.

내 인생의 최종적인 질은 순간의 질이 쌓여서 만들어진다. 이 순간에 내가 평온하고 만족하면 그리고 그 감각을 쌓아 가면, 인생 전체가 평온하고 만족스러워진다.

그렇기 때문에 나를 소중하게 여기기 위해 필요한 것은 '무엇을 할지' 가 아니라 '어떻게 있을지' 이다.

이 생각은 나를 '평가받는 대상'에서 '느끼는 주체'로 바꿔주기도 한다.

'인생에 있어서 무언가를 이루어야만 한다.', '하나의 업적을 남겨야만 한다.', '그저 의미 없이 시간을 보내면 안 된다.'

최근에는 이러한 말이 자주 나오지만, 이것도 사실은 '무엇을 할지'의 주제이다.

그리고 '무엇을 할지'라는 주제로 살면 '아무리 노력해도 부족감을 느끼는 마음'에 빠지기 쉽다.

그것보다도 나의 마음이 '지금' 편안하게 있는 것, '지금' 만족해 있는 것 등 '어떻게 있을지'에 집중하면 나의 감각이 완전히 바뀔 것이다.

즉 내가 행복하게 있을지 불행하게 있을지를 결정하는 것은 '느끼는 주체'인 나 자신이고, 나의 가치를 결정하는 것도 '느끼는 주체'인 나 자신이라는 뜻이다.

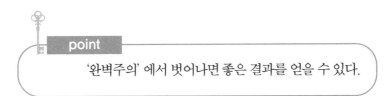

point

'완벽주의'에서 벗어나면 좋은 결과를 얻을 수 있다.

7. 누구를 위해서
궁지에 몰아넣는 걸까

출구가 없는 '불안감'을 느낀다면…….

다음 감각도 마음이 지치고 너덜너덜해졌다는 증거이다.

> 〈예 17〉
> 항상 무언가에 쫓기는 생활에 지쳐버렸다. 장거리 출근에서
> 벗어나고 싶지만, 지금 일을 그만두면 생활수준이 내려갈
> 게 확실하다.
> 아내도 나를 응원해주고 있고, 아이들도 사랑스럽고…….그
> 래서 가족에게 힘든 모습을 보여주고 싶지 않다. 하지만 힘
> 이 드는 것은 사실이다…….

이것은 힘이 들지만 죽을 때까지 인생이라는 레이스에서 내
려오지 않겠다는 감각이다. 마치 지치고 너덜너덜해지면서 무

빙워크를 반대로 걸어가는 느낌과 같다.

이 사람은 조금이라도 힘이 빠지면 순식간에 넘어져서 인생의 낙오자가 되어버릴지도 모른다고 생각하고 있다. 또한 나 혼자라면 몰라도 가족에게 그런 시련을 안겨주고 싶지 않다고 생각하고 있다.

정말 출구가 보이지 않는 '불안감'을 느끼고 있을 것이다.

이렇게 출구가 보이지 않는 불안감에 휩싸여버리면, '이 생활을 계속해야 할지, 모든 것을 그만두어야 할지' 처럼 극단적인 선택지밖에 보이지 않게 된다.

이럴 때에는 소중한 사람들을 생각해보자.

가족에게도 '하고 싶은 일'이 있다

이 예로 말하면 소중한 사람들은 가족이 된다.

가족들을 위해서 이 생활을 그만둘 수가 없다고 생각할지도 모른다.

그러나 가족들은 '이 생활수준을 유지하고 싶다.'는 생각만으로 살지는 않는다.

남편이자 아버지를 사랑하는 마음과, 돈보다 가족과 함께 즐기는 시간을 갖고 싶다는 등 다양한 마음을 가지고 있을 것이다.

나의 남편과 아버지가 불안감에 빠져 있다는 사실을 알면 가족들도 아버지에게 '해주고 싶은 것'이 있을 것이다.

가족은 일방적으로 내가 꼭 보살펴야만 하는 무능력자들이 아니다.

어린 자녀들도 소중한 가족을 지키기 위해서 내가 할 수 있는 일은 하고 싶다고 생각한다. 즉 가족을 지키겠다는 마음은 누구에게나 모두 똑같다는 의미이다.

'가족의 생활수준을 떨어트리고 싶지 않다.'는 하나의 시각에만 눈이 가면 쉽게 지치고, 가족들도 소중한 남편이자 아버지를 도울 기회를 잃어버리게 된다.

이 불안감으로 건강에 지장이 생기거나 만일의 경우 자살에 이른다면 가족은 평생 자신을 용서하지 못하게 된다.

그런 큰 짐을 가족에게 지게하고 싶지는 않을 것이다.

마음이 지치고 너덜너덜해질수록 시야는 좁아지고 생각은 한 방향으로 흘러가버리기 쉽다.

우선은 나의 배우자를 믿고, 속마음을 터놓고 이야기하는 것부터 시작해보자.

속마음을 터놓는 것만으로도 마음이 편안해지고, 생활을 바꾸는 것도 나쁘지 않겠다는 결론이 나올지도 모른다.

'지금 일이 없어서 생활수준이 바뀌어도 괜찮아. 당신 건강이 최우선이잖아.'

배우자가 이렇게 말해준다면 보다 유연하게 선택지를 검토할 수가 있다.

이렇게 생각이 유연해지는 것만으로도 피해자의식에서 벗어날 수가 있다. 그리고 당연히 마음은 가벼워질 것이다.

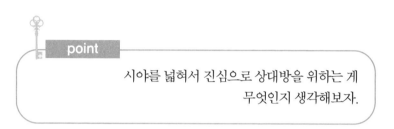

point

시야를 넓혀서 진심으로 상대방을 위하는 게
무엇인지 생각해보자.

8 '연결'을
소중하게 여기자

진심으로 행복한 감정은 어떨 때 생길까

이렇게 시야가 좁아질 때에는 경제적인 '생활수준' 등 표면적이고 형식적인 것에만 눈이 가기 쉽다.

그러나 마음이 지치고 너덜너덜해질 때일수록 사람의 가장 근본적인 것으로 돌아가야만 한다.

그것은 내가 무엇에 진짜 가치를 느끼는지, 나는 다음 세대에게 어떠한 가치를 전해주고 싶은지 다시 생각해보는 자세이다.

인생을 되돌아보면, 또는 가족과의 생활을 되돌아보면, 마음속 깊이 만족감과 행복감을 느꼈을 때가 언제였을까.

돈으로 무언가를 얻었을 때는 아닐 것이다. 또한 무언가 물건을 손에 넣었을 때도 아닐 것이다.

나의 있는 그대로의 모습을 인정받았을 때.

상대방과 마음이 진심으로 통했을 때.

나도 누군가에게 도움이 되는 사람이라고 느꼈을 때.

내가 이대로도 괜찮다고 만족했을 때.

감동적인 영화를 보고 가슴이 두근거렸을 때.

자연과 함께 휴식을 취했을 때.

맛있는 음식을 먹었을 때.

만족감과 행복감을 느낀 순간은 사람마다 다르겠지만, 거기에는 반드시 무언가와 '연결' 요소가 있을 것이다.

사람과의 연결, 나와의 연결, 다른 생명과의 연결, 자연과의 연결, 우주와의 연결 등……

여하튼 연결을 경험했을 때 우리는 마음속 깊이 만족감과 행복감을 느낀다.

내 안의 '연결'을 되살리자

앞에서 소중한 사람을 생각하자고 말했다. 이것도 확실히 '연결'이라는 요소로 이 상황에서 벗어날 수 있게 만들어준다.

표면적인 것과 형식적인 것에 사로잡히면 마음은 쉽게 지쳐버리고, 만일의 경우에는 자살로 이어지기까지도 한다. 그러한 행동은 소중한 사람과의 '연결'을 폭력적으로 끊어버리는 것과 같다.

자신을 위해서 그리고 사랑하는 사람을 위해서 조금씩 연결을 만들어가자.

조금씩 조금씩 연결이 만들어지면 마음이 지친 상태에서 벗어나는 것뿐만이 아니라, 괴로운 상황에서 벗어나 정말 행복한 인생을 손에 넣을 수 있게 된다.

그리고 그러한 연결의 가치는 다음 세대로 이어질 수도 있다.

'매진하고 있는 나'를 '열심히 노력하고 있는 나'로 인정해주는 것도 나와의 연결이다.

또한 평온한 시간을 가지는 것도 현재와의 연결이다.

우선은 이러한 연결부터 시작해보는 게 어떨까.

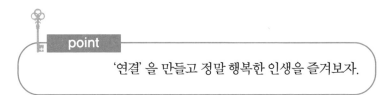

point

'연결'을 만들고 정말 행복한 인생을 즐겨보자.

이 책의 내용에 대해서도 '매진' 하지 말자

'마음이 지칠' 때에는 책조차 읽고 싶지 않을 것이다. 그럼에도 불구하고 이 책을 끝까지 읽어준 독자들에게 부탁하고 싶은 말이 있다.

충분히 열심히 노력한 자신을 인정해주자.

책의 내용을 중간 중간 건너뛰고 읽은 독자도 있을지 모르지만, 그것은 다시 이 책을 찬찬히 읽으면 그만이다.

이 책을 읽고 이미 많은 사람들이 '매진'에서 벗어나는 방법을 알게 되었을 것이다.

'시작하며'에서 이야기했듯이 마음이 지치고 너덜너덜해진 지금 이 순간이 인생을 바꿀 수 있는 기회이다. 이 책의 내용을 참고해서 새로운 인생을 시작해보고 싶다고 생각한 사람과, 이미 새로운 인생을 시작한 사람도 있을 것이다.

그러나 이 책을 끝까지 읽어도 '마음이 지친' 감각이 줄어들지 않은 사람도 있을 것이다. 또는 '책의 내용을 머리로는 알겠지만, 아무래도 부정적인 사고를 벗어던질 수가 없다.'고 생각하는 사람도 있을 것이다.

그러한 사람은 이 책의 내용에 '매진' 하고 있다는 점을 주목할 필요가 있다.

왜냐하면 '머리로는 알겠지만 실천할 수가 없다.', '책의 내용에 마음이 와닿지가 않는다.' 고 느낄 때에는 이미 우울증이 시작된 가능성이 있기 때문이다.

우울증을 앓기 전의 사람이 이 책을 읽는다면 '매진'에서 벗어나 우울증을 예방할 수가 있다.

우울증이 완치된 사람들도 재발 방지의 목적으로 이 책이 그 기능을 다할 것이다.

그러나 우울증은 책을 읽는다고 해서 나아지지가 않는다.

그때의 상태에 가장 적합한 지원 형태가 있다.

지금 현재 우울증이 진행되었다면, 질병으로 생각하고 치료를 받는 것이 무엇보다 중요하다.

이 책을 읽어도 '지친 마음'이 조금도 개선되지 않는 경우에는 '내 노력이 부족하다.' 고 생각하지 말고 이 책의 힘이 부족하다고 생각하자.

물론 이 책은 마음을 담아 정성껏 만들었기 때문에 적당한 시기의 사람들에게는 충분히 도움이 될 것이다. 그러한 적당한 시기가 아닌 사람들(특히 우울증 환자)에게는 충분하지 않을지도 모른다.

그럴 때에는 자신의 노력이 부족하다며 '부족한 모습'을 찾는 것이 아니라 '지금 나에게 다른 도움이 필요하지는 않을까.' 하고 생각해보자.

수면을 잘 취하지 못하고(가장 전형적으로는 일찍 눈이 떠지고 그 상태로 밤을 새우는 경우), 식욕이 없어지는 등 신체 증상이 2주 정도 지속되면 전문가를 찾아가봐야 한다.

술의 양이 늘어나는 경우도 상담을 받아야 한다.

우울증은 '매진'이 만들어낸 질병이라고 말할 수 있다.

우울증 환자를 격려해서는 안 된다는 말은 당연한 논리이다. '아무리 노력해도 부족감을 느끼는 마음'에 사로잡혀 있는 사람에게 더욱더 '노력'하라고 말하는 것이 얼마나 잔혹한 일인지 이해할 거라고 생각한다.

그리고 그 논리는 이 책의 내용을 이해하고 실천하는 데에서도 마찬가지이다.

이 책이 단순히 '마음이 지친' 감각을 치유해주는 것뿐만 아니라, 괴로워하면서 목표로 나아가는 인생이 아닌 '행복하고 평온한 인생'으로 안내하는 데에 도움이 되었으면 한다.

우리는 왜 마음이 지치는 걸까

'지친 마음'

이것은 어디서 오는 걸까?

아마 대부분의 사람들이 내가 강하지 못해서, 혹은 내가 못나서 마음이 지치는 거라고 생각할 것이다.

그러나 곰곰이 생각해보자.

사람은 외부의 조건에 좌우되는 동물이다. 그리고 물론 마음이 약할수록 외부조건에 더 많이 흔들리고 상처받을 것이다.

마음이 약해졌다는 뜻은 이미 누군가에게 상처받고 마음이 지쳤다는 의미일지도 모른다.

이렇듯 내가 약해서 마음이 지친 게 아니라, 누군가 또는 어떠한 계기로 인해 우리의 마음이 지치는 것이다.

그렇게 보면, 마음이 지친 사람은 어떤 의미에서는 배려 깊은 사람일지도 모른다.

나보다 다른 사람을 먼저 생각하기 때문에 마음이 지치는 것이기 때문이다.

　이렇게 마음이 지친 사람들은 이제부터라도 남이 아닌 나에게 조금 더 집중해보면 어떨까.

　누가 뭐라고 해도 나는 더할 나위 없이 소중한 존재이다.

　그리고 그 사실은 다른 사람이 아닌 내가 느껴야 한다.

　내가 나를 소중히 여기고, 나에게 집중을 하면 마음이 지치는 일은 줄어들 것이다.

　또한 마음을 지치게 만드는 요인 중에 하나가 '매진'이다.

　저자는 이 책에서 '매진'에 대해 이야기를 많이 한다.

　'매진'이란 한마디로 정의하면 '너무 많은 노력'일 것이다.

　누구나 이런 경험을 한 적이 있을 것이다. 잘하려고 너무 노력하다가 오히려 평소보다 못 했던 일을 말이다.

　그러나 어깨의 힘을 빼고 또다시 그 일을 시작했을 때에는 훨씬 수월하게 진행되는 것을 느꼈을 것이다.

　이렇듯 매진 즉 너무 많은 노력은 오히려 독이 될지도 모른다.

　그리고 매진에 따른 압박감과 스트레스 때문에 우리의 몸과 마음은 더 많이 지치게 될 것이다.

　이렇게 어깨에 힘을 빼고 잠시 휴식을 취하면 어떨까.

　어쩌면 '적당한 노력', '적당한 휴식'이 삶의 이치일지도 모른다.

이 책에서는 다양한 예시를 통해 마음이 지쳐가는 상황과 그 대처방법에 대해서 보여준다. 여기서 등장하는 예시는 누구나 겪을 법한 내용으로 구성되어 있다.

옮긴이도 이 책을 번역하면서 내가 겪었던 일과 예시가 일치해서 조금 놀라웠다. 그리고 '아, 이 대처방법을 일찍 알았더라면 조금 더 현명하게 대처했을 텐데.' 라고 느끼기도 했다.

이 책을 선택한 독자들도 나와 같은 경험을 했으면 좋겠다.

오늘 하루
잠시 쉬어가도 괜찮아

●

1판 1쇄 발행 ‖ 2023년 3월 10일

●

지은이 ‖ 미즈시마 히로코
옮긴이 ‖ 권혜미
펴낸이 ‖ 김종호
펴낸곳 ‖ 밀라그로
주　소 ‖ 경기도 고양시 일산동구 호수로446번길 7-4(백석동)
전　화 ‖ 031) 907-9702
팩　스 ‖ 031) 907-9703
E-mail ‖ milagrobook@naver.com
등　록 ‖ 2016년 1월 20일(제2016-000019호)

●

ISBN ‖ 979-11-87732-19-8 (03830)